HÉRCULES

LOS DOCE TRABAJOS

UN MITO GRIEGO

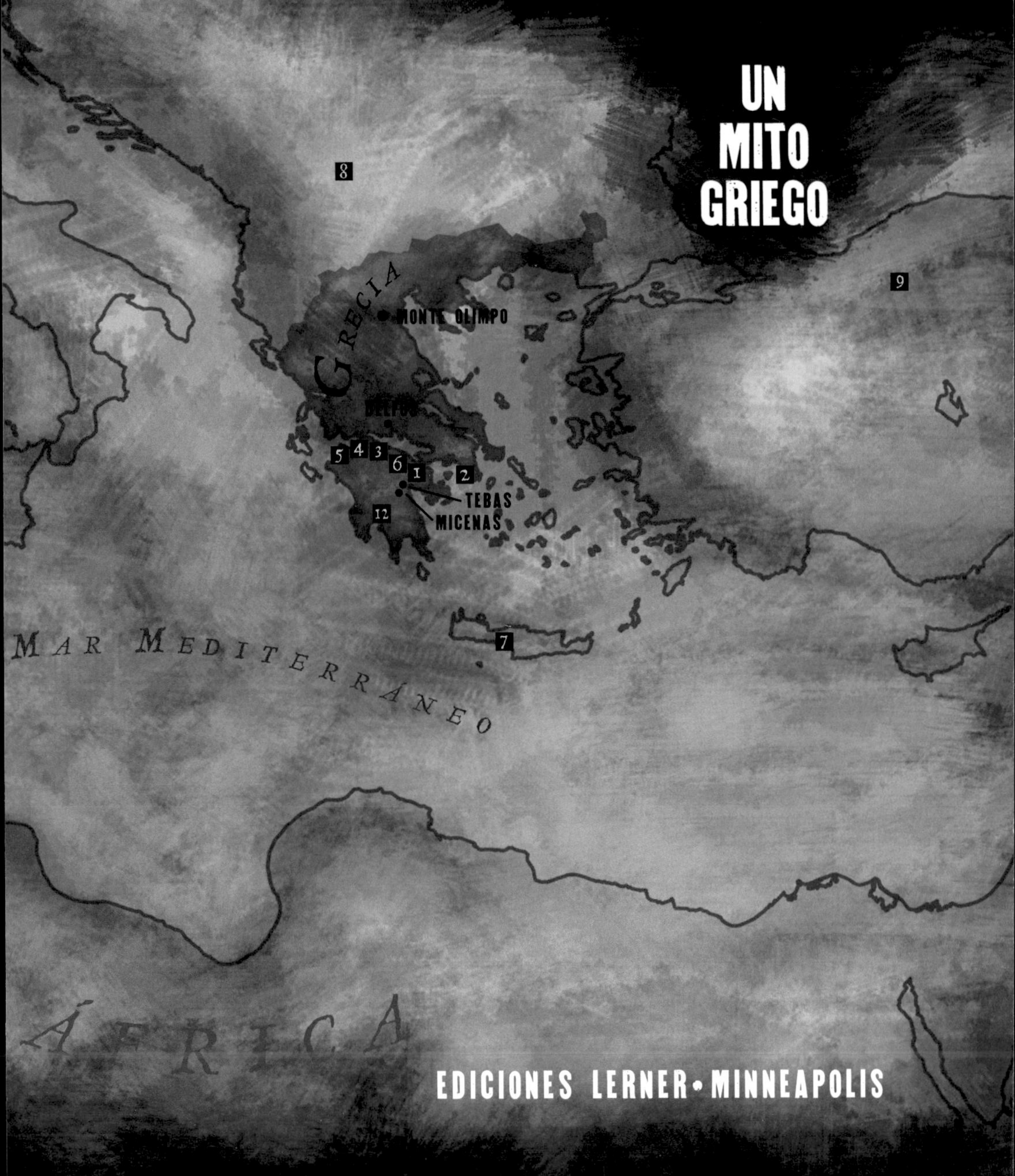
GRECIA
MONTE OLIMPO
DELFOS
TEBAS
MICENAS
MAR MEDITERRÁNEO
ÁFRICA
1
2
3
4
5
6
7
8
9
12

EDICIONES LERNER • MINNEAPOLIS

No sabemos si el personaje de Hércules está basado en una persona real. Sin embargo, los relatos de sus hazañas de fuerza, coraje e ingenio se encuentran entre las más famosas leyendas griegas. Los griegos llamaron Heracles a este gran héroe, pero los romanos lo llamaron Hércules. A través de los tiempos, este último nombre fue el más popular para este grandioso personaje. Para escribir el cuento de los doce trabajos de Hércules, el autor Paul Storrie se basó principalmente en los libros *The Age Of Fable* (publicado por primera vez en 1859), de Thomas Bulfinch, y *Mythology* (publicado por primera vez en 1942), de Edith Hamilton. Estos dos libros, a su vez, se inspiraron en las obras de poetas antiguos como Ovidio y Virgilio. El artista Steve Kurth utilizó numerosas fuentes de la tradición y de la historia para dar autenticidad a las ilustraciones, desde la arquitectura griega hasta la vestimenta, armas y armaduras usadas por los personajes.

RELATO POR PAUL STORRIE

ILUSTRACIONES A LÁPIZ DE STEVE KURTH
ILUSTRACIONES A TINTA DE BARBARA SCHULZ

COLOREADO POR HI-FI DESIGN

Traducción al español: copyright © 2008 por Lerner Publishing Group, Inc.
Título original: *Hercules: The Twelve Labors*
Copyright del texto: © 2007 por Lerner Publishing Group, Inc.

La edición en español fue realizada por un equipo de traductores hablantes nativos del español de translations.com, empresa mundial dedicada a la traducción.

ediciones Lerner
Una división de Lerner Publishing Group, Inc.
241 First Avenue North
Minneapolis, MN 55401 EUA

Dirección de Internet: www.lernerbooks.com

Library of Congress Cataloging-in-Publication Data

Storrie, Paul D.
  [Hercules. Spanish]
  Hércules : los doce trabajos : un mito griego / relato por Paul Storrie ; ilustraciones a lápiz y tinta de Steve Kurth ; ilustraciones a tinta de Barbara Schulz.
     p.   cm. — (Mitos y leyendas en viñetas)
  Includes index.
  ISBN 978-0-8225-7967-0 (pbk. : alk. paper)
  1. Hercules (Greek mythology)—Juvenile literature. I. Kurth, Steve. II. Schulz, Barbara Jo. III. Title.
  BL820.H5S8618 2008
  741.5'973—dc22   2007004112

Fabricado en los Estados Unidos de América
1 2 3 4 5 6 — JR — 13 12 11 10 09 08

HÉRCULES

LOS DOCE TRABAJOS

UN MITO GRIEGO

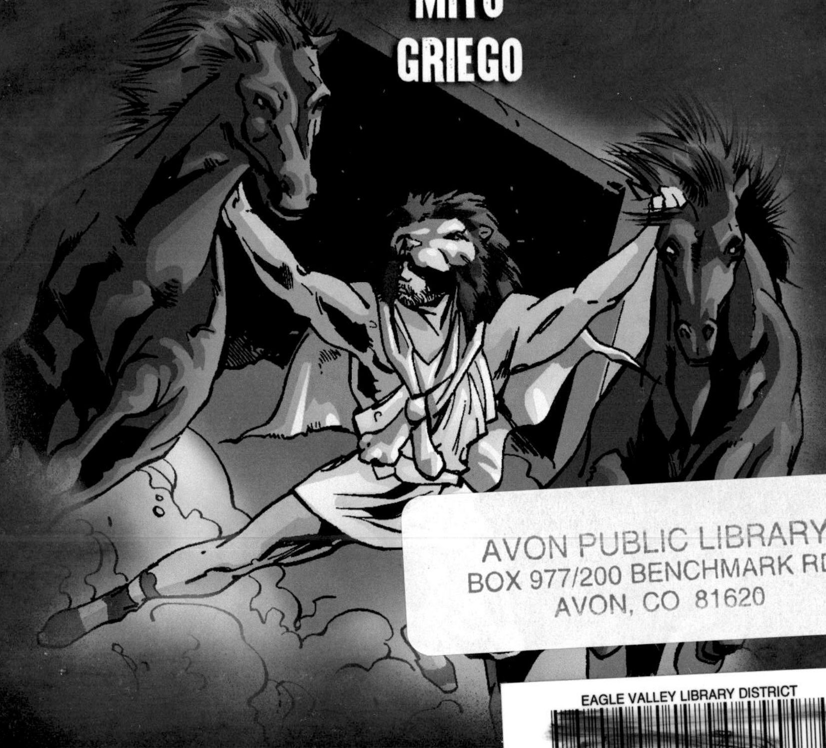

UNIVERSO EN VIÑETAS™

RELATO POR
PAUL STORRIE
ILUSTRACIONES A LÁPIZ DE
STEVE KURTH
ILUSTRACIONES A TINTA DE
BARBARA SCHULZ

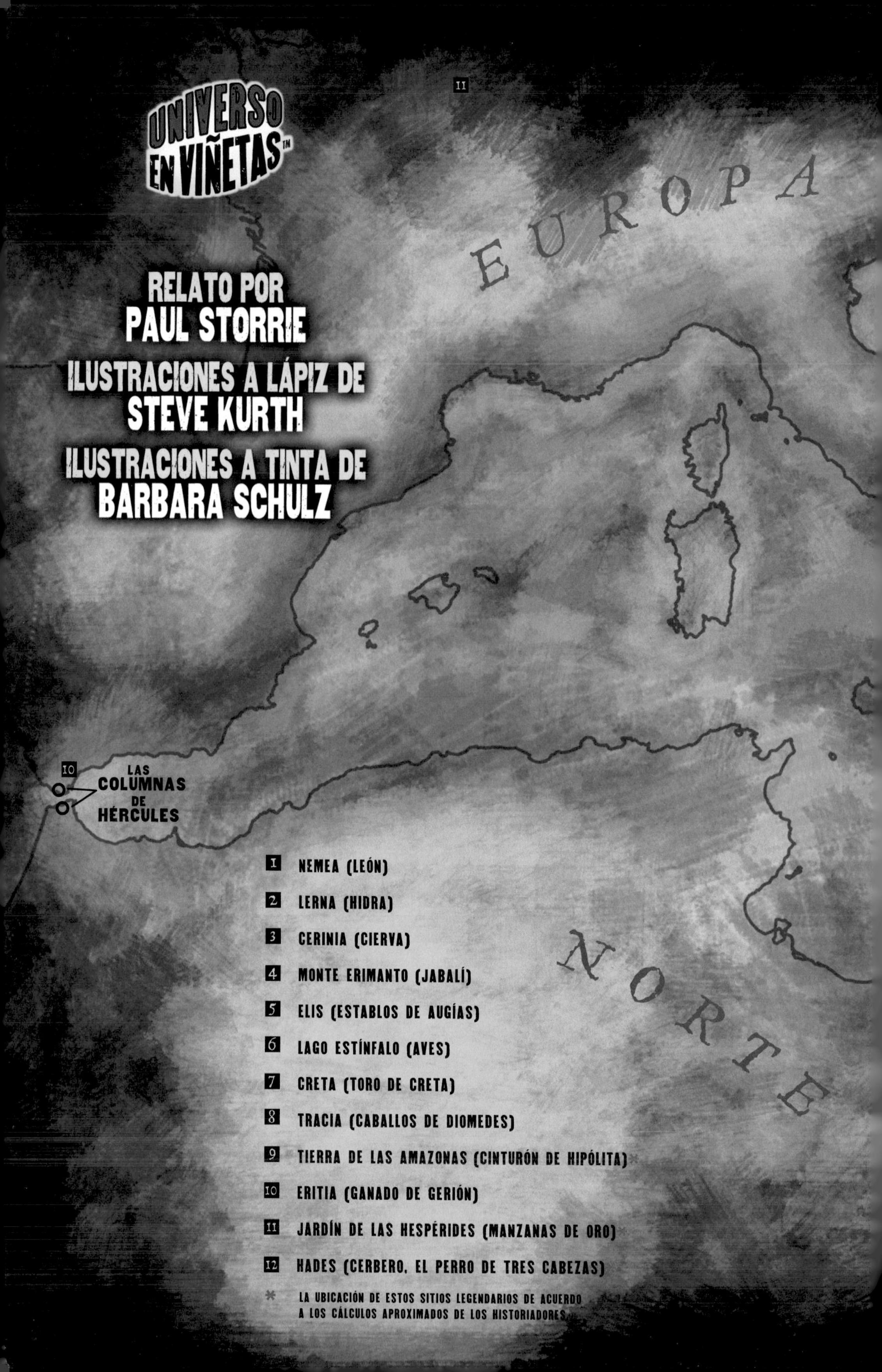

11
EUROPA
10
LAS COLUMNAS DE HÉRCULES
NORTE
1 NEMEA (LEÓN)
2 LERNA (HIDRA)
3 CERINIA (CIERVA)
4 MONTE ERIMANTO (JABALÍ)
5 ELIS (ESTABLOS DE AUGÍAS)
6 LAGO ESTÍNFALO (AVES)
7 CRETA (TORO DE CRETA)
8 TRACIA (CABALLOS DE DIOMEDES)
9 TIERRA DE LAS AMAZONAS (CINTURÓN DE HIPÓLITA)
10 ERITIA (GANADO DE GERIÓN)
11 JARDÍN DE LAS HESPÉRIDES (MANZANAS DE ORO)
12 HADES (CERBERO, EL PERRO DE TRES CABEZAS)
* LA UBICACIÓN DE ESTOS SITIOS LEGENDARIOS DE ACUERDO A LOS CÁLCULOS APROXIMADOS DE LOS HISTORIADORES

CONTENIDO

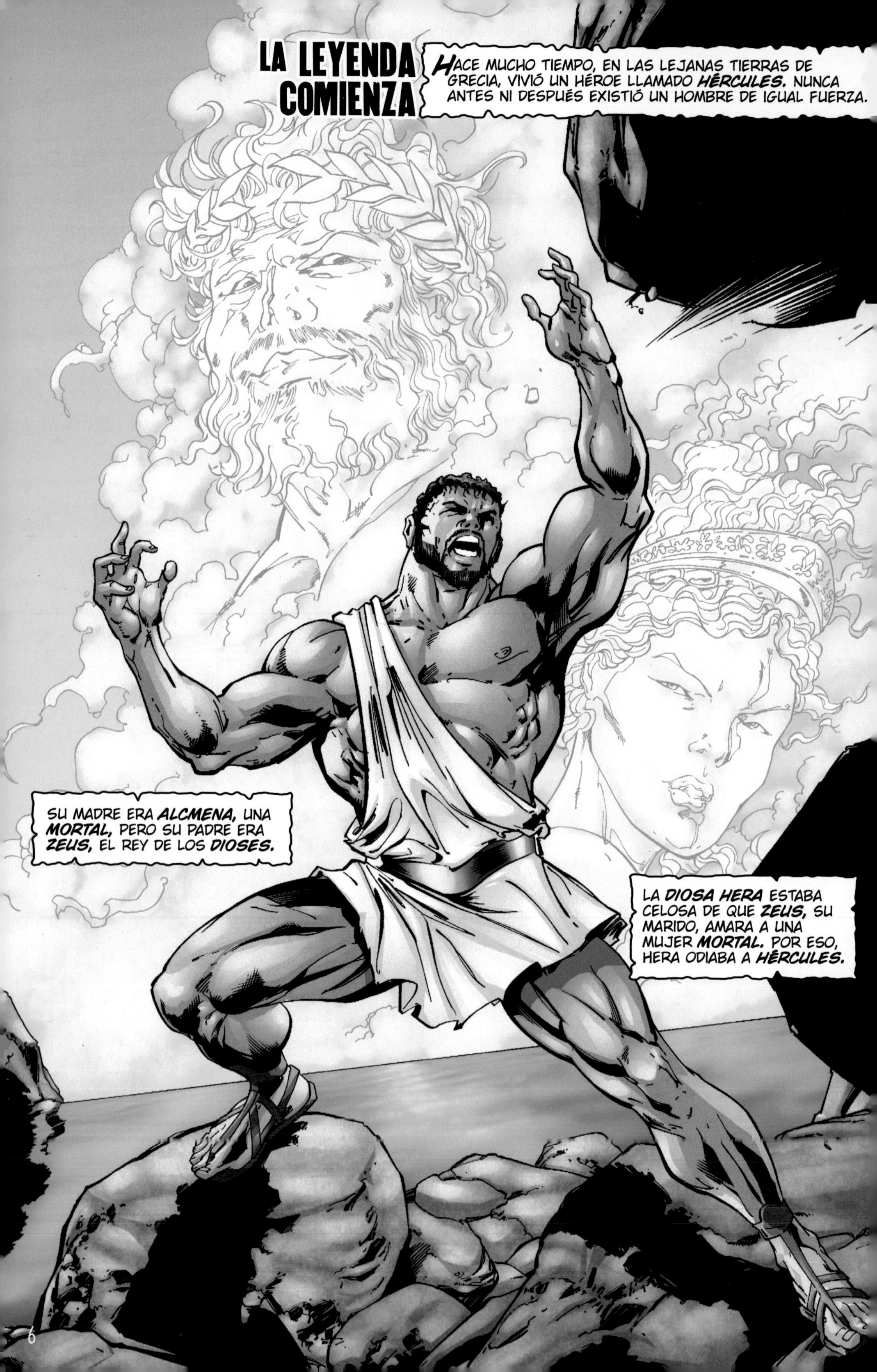
LA LEYENDA COMIENZA
HACE MUCHO TIEMPO, EN LAS LEJANAS TIERRAS DE GRECIA, VIVIÓ UN HÉROE LLAMADO HÉRCULES. NUNCA ANTES NI DESPUÉS EXISTIÓ UN HOMBRE DE IGUAL FUERZA.
SU MADRE ERA ALCMENA, UNA MORTAL, PERO SU PADRE ERA ZEUS, EL REY DE LOS DIOSES.
LA DIOSA HERA ESTABA CELOSA DE QUE ZEUS, SU MARIDO, AMARA A UNA MUJER MORTAL. POR ESO, HERA ODIABA A HÉRCULES.

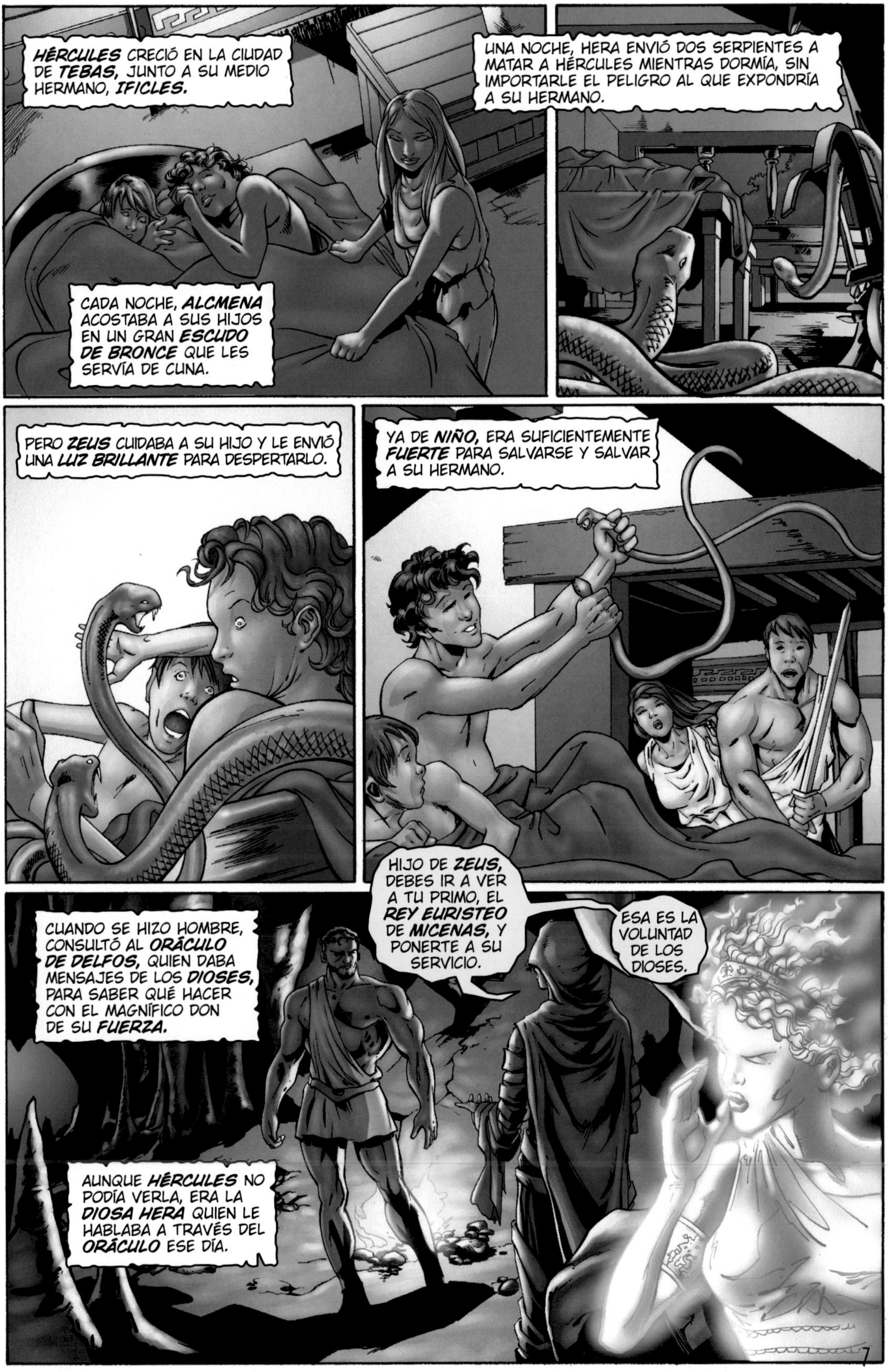
HÉRCULES CRECIÓ EN LA CIUDAD DE TEBAS, JUNTO A SU MEDIO HERMANO, IFICLES.
CADA NOCHE, ALCMENA ACOSTABA A SUS HIJOS EN UN GRAN ESCUDO DE BRONCE QUE LES SERVÍA DE CUNA.
UNA NOCHE, HERA ENVIÓ DOS SERPIENTES A MATAR A HÉRCULES MIENTRAS DORMÍA, SIN IMPORTARLE EL PELIGRO AL QUE EXPONDRÍA A SU HERMANO.
PERO ZEUS CUIDABA A SU HIJO Y LE ENVIÓ UNA LUZ BRILLANTE PARA DESPERTARLO.
YA DE NIÑO, ERA SUFICIENTEMENTE FUERTE PARA SALVARSE Y SALVAR A SU HERMANO.
CUANDO SE HIZO HOMBRE, CONSULTÓ AL ORÁCULO DE DELFOS, QUIEN DABA MENSAJES DE LOS DIOSES, PARA SABER QUÉ HACER CON EL MAGNÍFICO DON DE SU FUERZA.
HIJO DE ZEUS, DEBES IR A VER A TU PRIMO, EL REY EURISTEO DE MICENAS, Y PONERTE A SU SERVICIO.
ESA ES LA VOLUNTAD DE LOS DIOSES.
AUNQUE HÉRCULES NO PODÍA VERLA, ERA LA DIOSA HERA QUIEN LE HABLABA A TRAVÉS DEL ORÁCULO ESE DÍA.

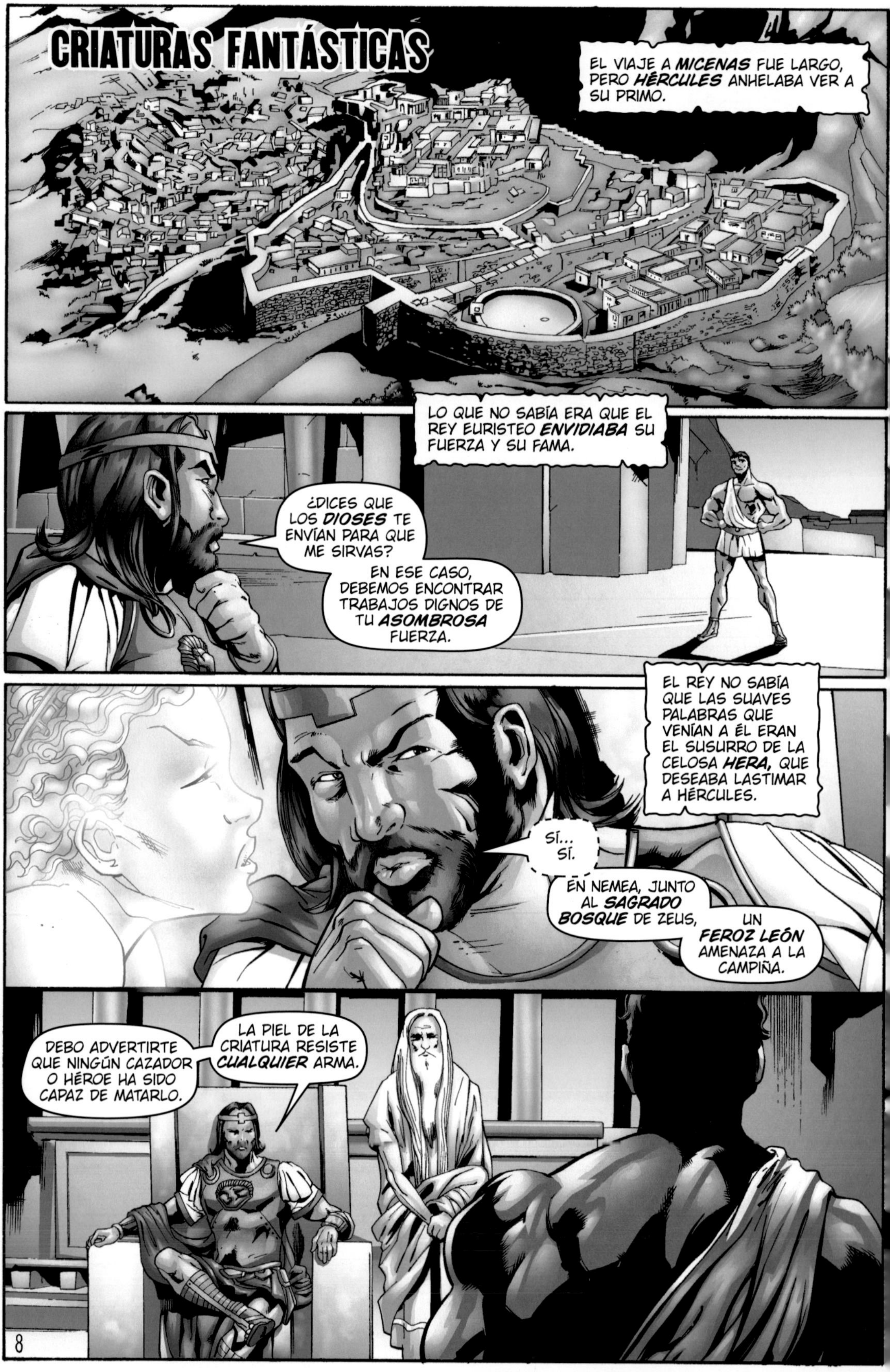

CRIATURAS FANTÁSTICAS
EL VIAJE A MICENAS FUE LARGO, PERO HÉRCULES ANHELABA VER A SU PRIMO.
LO QUE NO SABÍA ERA QUE EL REY EURISTEO ENVIDIABA SU FUERZA Y SU FAMA.
¿DICES QUE LOS DIOSES TE ENVÍAN PARA QUE ME SIRVAS?
EN ESE CASO, DEBEMOS ENCONTRAR TRABAJOS DIGNOS DE TU ASOMBROSA FUERZA.
EL REY NO SABÍA QUE LAS SUAVES PALABRAS QUE VENÍAN A ÉL ERAN EL SUSURRO DE LA CELOSA HERA, QUE DESEABA LASTIMAR A HÉRCULES.
SÍ... SÍ.
EN NEMEA, JUNTO AL SAGRADO BOSQUE DE ZEUS, UN FEROZ LEÓN AMENAZA A LA CAMPIÑA.
DEBO ADVERTIRTE QUE NINGÚN CAZADOR O HÉROE HA SIDO CAPAZ DE MATARLO.
LA PIEL DE LA CRIATURA RESISTE CUALQUIER ARMA.

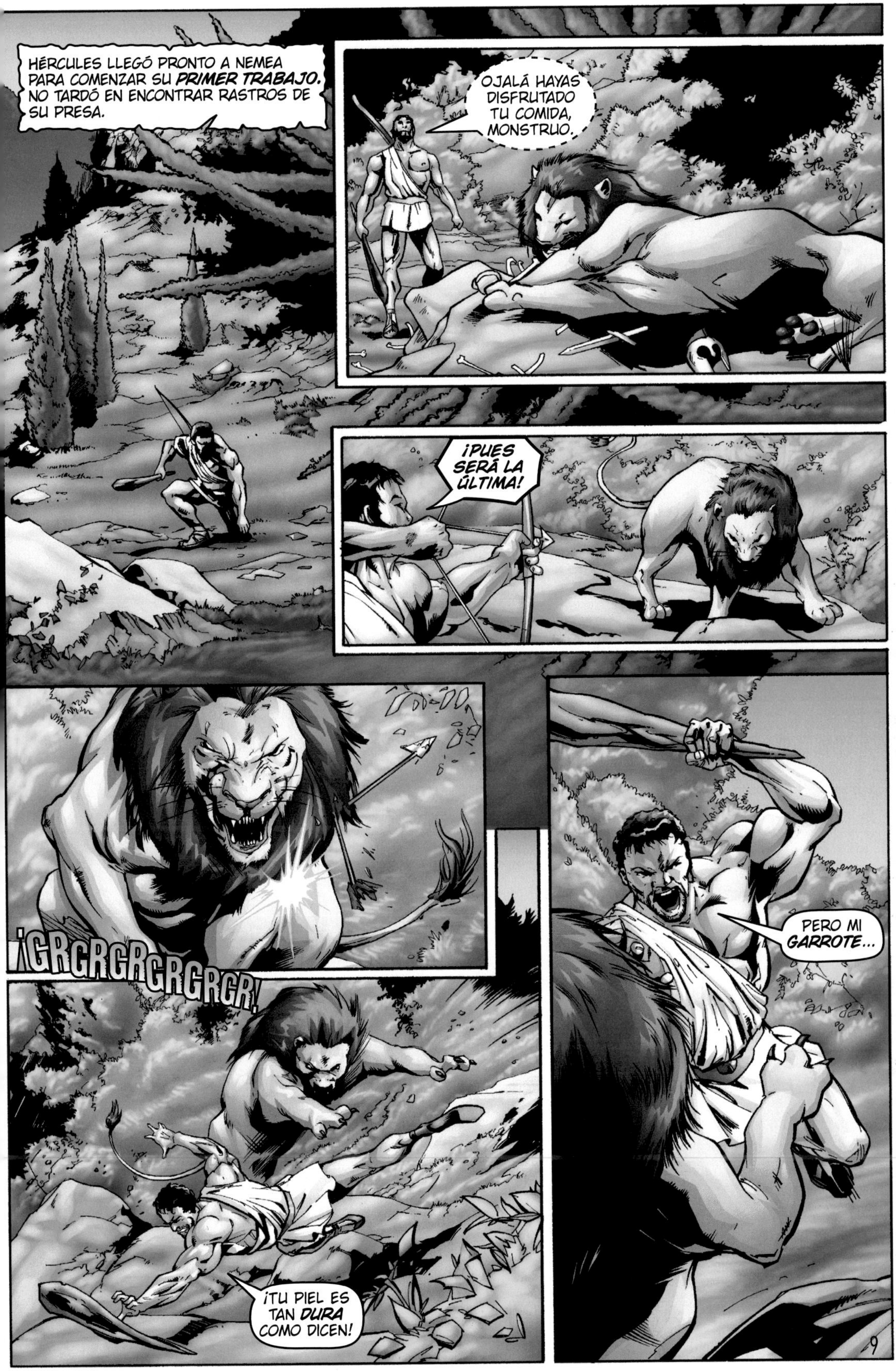
HÉRCULES LLEGÓ PRONTO A NEMEA PARA COMENZAR SU **PRIMER TRABAJO.** NO TARDÓ EN ENCONTRAR RASTROS DE SU PRESA.
OJALÁ HAYAS DISFRUTADO TU COMIDA, MONSTRUO.
¡PUES SERÁ LA ÚLTIMA!
¡GRGRGRGRGRGR!
¡TU PIEL ES TAN **DURA** COMO DICEN!
PERO MI **GARROTE**...

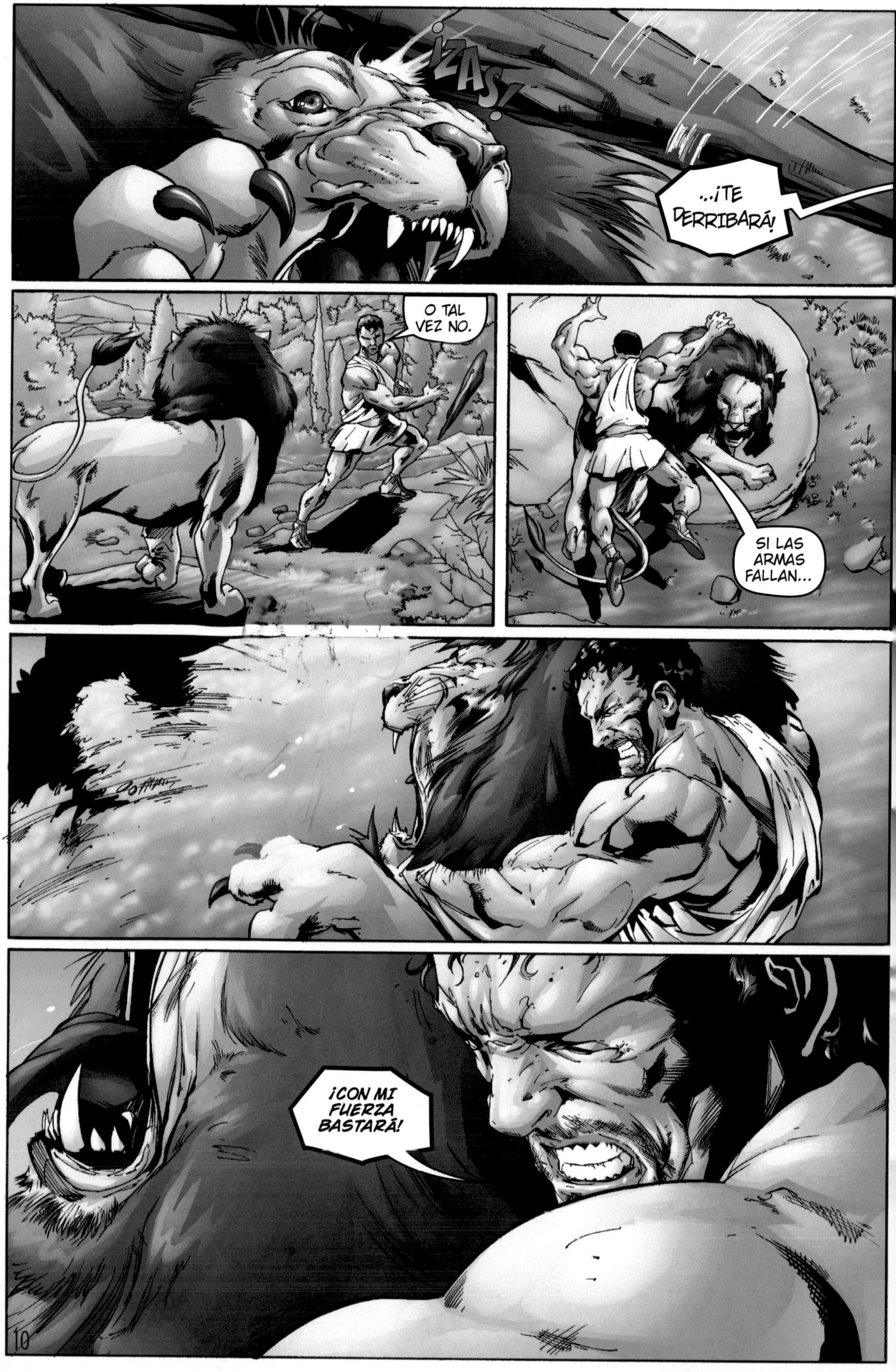
¡ZAS!
...¡TE DERRIBARÁ!
O TAL VEZ NO.
SI LAS ARMAS FALLAN...
¡CON MI FUERZA BASTARÁ!

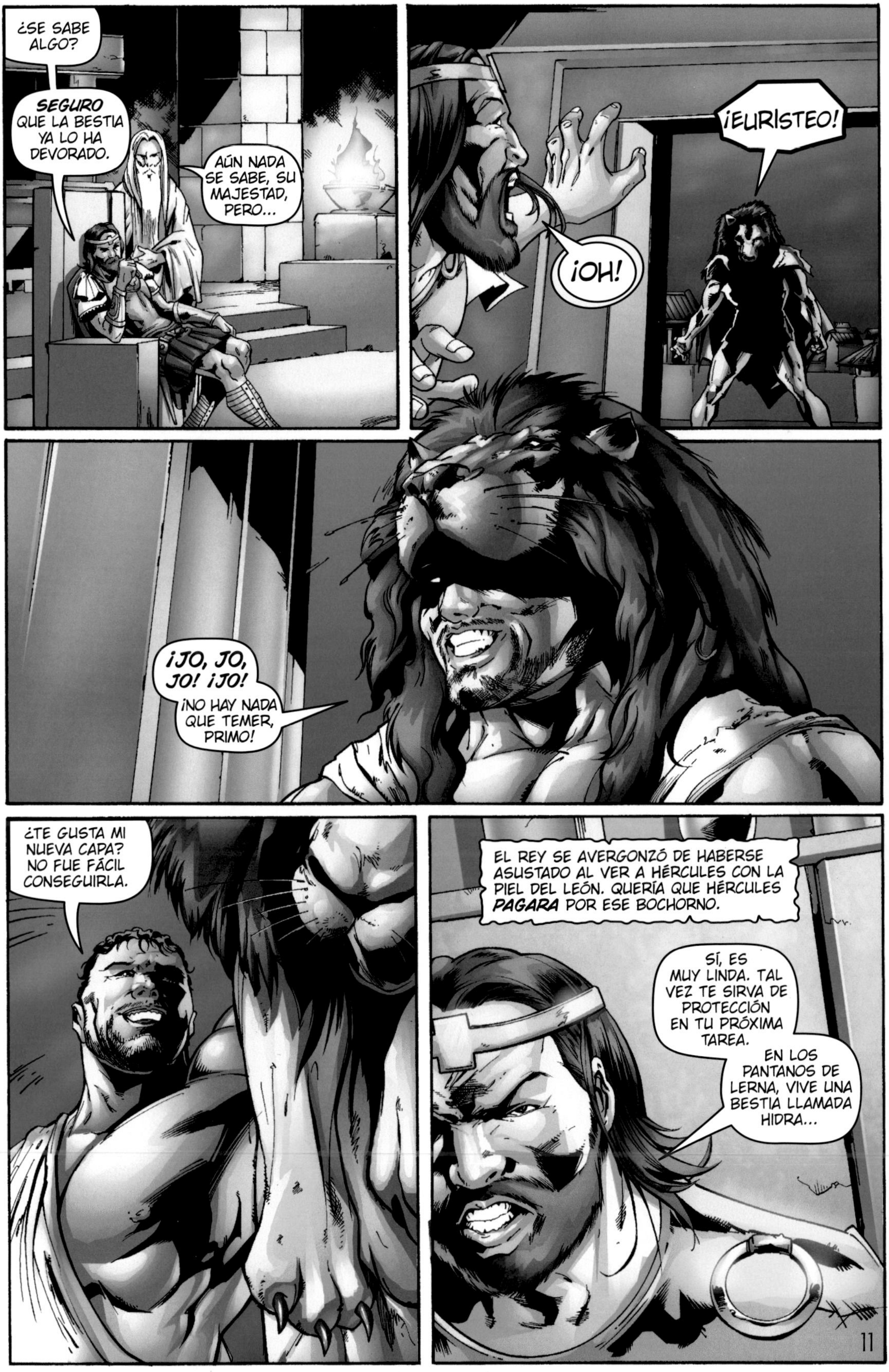
¿SE SABE ALGO?
SEGURO QUE LA BESTIA YA LO HA DEVORADO.
AÚN NADA SE SABE, SU MAJESTAD, PERO...
¡OH!
¡EURISTEO!
¡JO, JO, JO! ¡JO!
¡NO HAY NADA QUE TEMER, PRIMO!
¿TE GUSTA MI NUEVA CAPA? NO FUE FÁCIL CONSEGUIRLA.
EL REY SE AVERGONZÓ DE HABERSE ASUSTADO AL VER A HÉRCULES CON LA PIEL DEL LEÓN. QUERÍA QUE HÉRCULES PAGARA POR ESE BOCHORNO.
SÍ, ES MUY LINDA. TAL VEZ TE SIRVA DE PROTECCIÓN EN TU PRÓXIMA TAREA.
EN LOS PANTANOS DE LERNA, VIVE UNA BESTIA LLAMADA HIDRA...

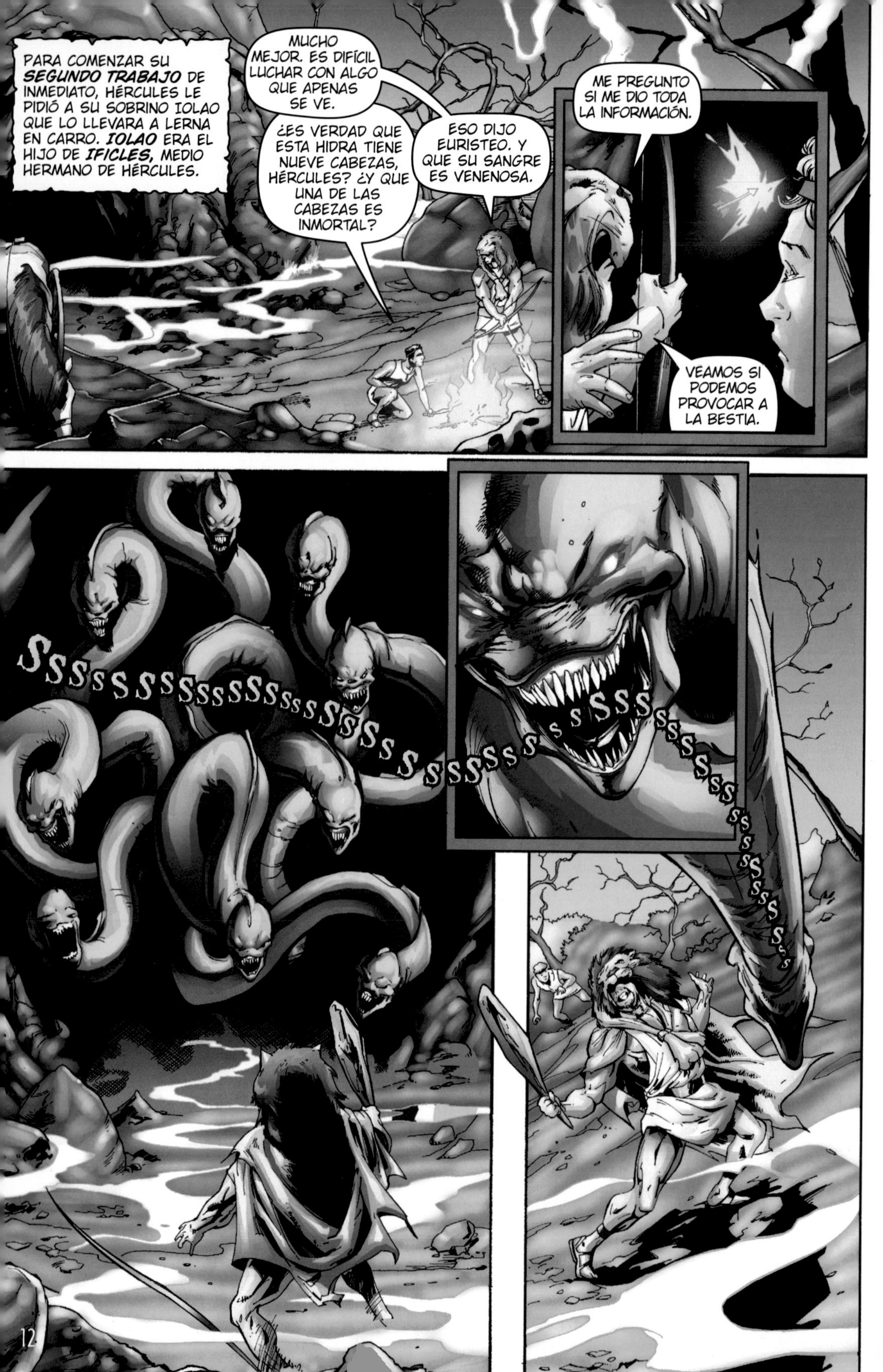
PARA COMENZAR SU SEGUNDO TRABAJO DE INMEDIATO, HÉRCULES LE PIDIÓ A SU SOBRINO IOLAO QUE LO LLEVARA A LERNA EN CARRO. IOLAO ERA EL HIJO DE IFICLES, MEDIO HERMANO DE HÉRCULES.
MUCHO MEJOR. ES DIFÍCIL LUCHAR CON ALGO QUE APENAS SE VE.
¿ES VERDAD QUE ESTA HIDRA TIENE NUEVE CABEZAS, HÉRCULES? ¿Y QUE UNA DE LAS CABEZAS ES INMORTAL?
ESO DIJO EURISTEO. Y QUE SU SANGRE ES VENENOSA.
ME PREGUNTO SI ME DIO TODA LA INFORMACIÓN.
VEAMOS SI PODEMOS PROVOCAR A LA BESTIA.
SSSSSSSSSSSSSSSSSSSSSSSSSSSSSSSSSSSSSSSSSSSSSSSSSSSS

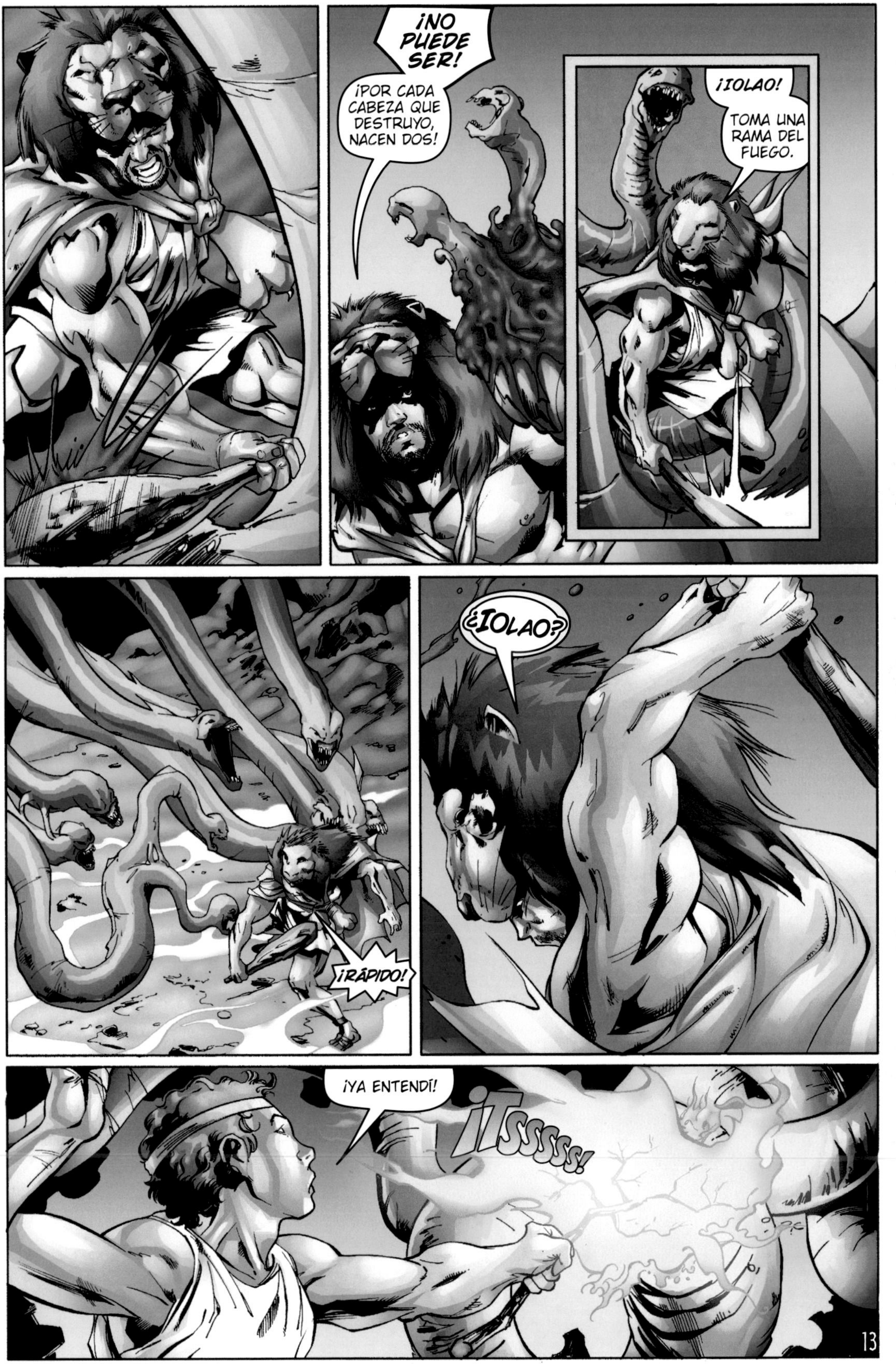

¡NO PUEDE SER!
¡POR CADA CABEZA QUE DESTRUYO, NACEN DOS!
¡IOLAO!
TOMA UNA RAMA DEL FUEGO.
¡RÁPIDO!
¿IOLAO?
¡YA ENTENDÍ!
¡TSSSSS!

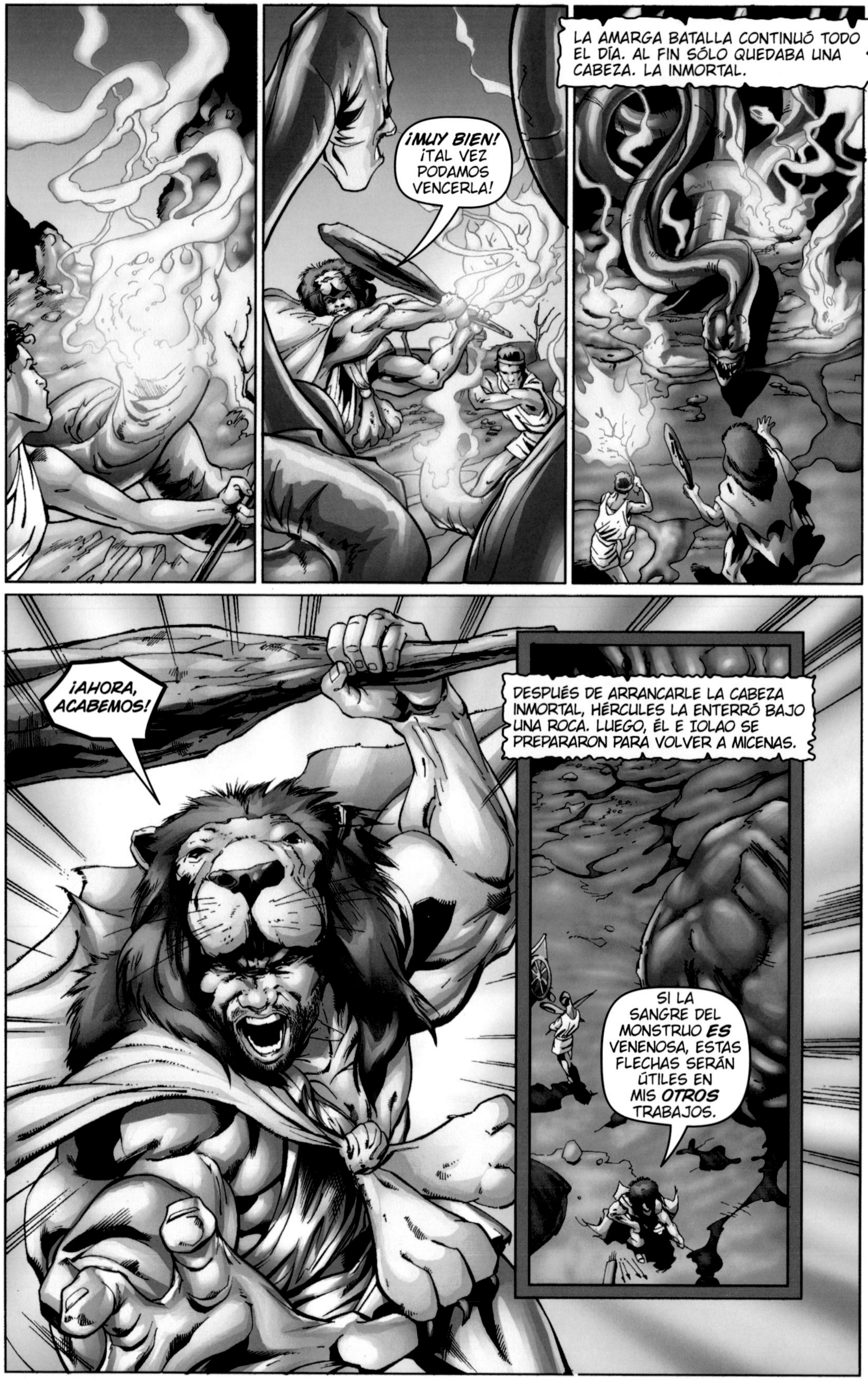

¡MUY BIEN! ¡TAL VEZ PODAMOS VENCERLA!
LA AMARGA BATALLA CONTINUÓ TODO EL DÍA. AL FIN SÓLO QUEDABA UNA CABEZA. LA INMORTAL.
¡AHORA, ACABEMOS!
DESPUÉS DE ARRANCARLE LA CABEZA INMORTAL, HÉRCULES LA ENTERRÓ BAJO UNA ROCA. LUEGO, ÉL E IOLAO SE PREPARARON PARA VOLVER A MICENAS.
SI LA SANGRE DEL MONSTRUO ES VENENOSA, ESTAS FLECHAS SERÁN ÚTILES EN MIS OTROS TRABAJOS.

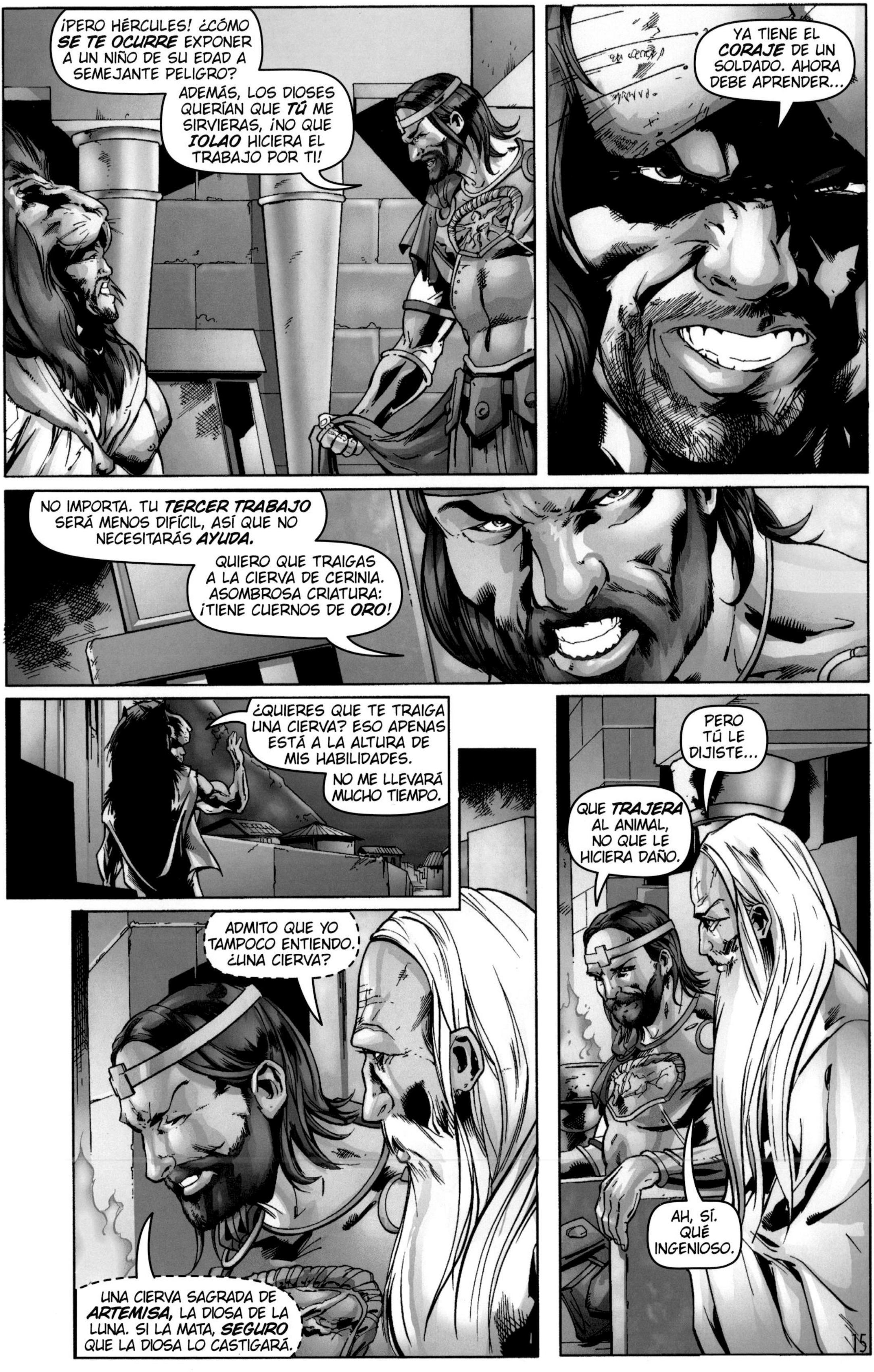
¡PERO HÉRCULES! ¿CÓMO SE TE OCURRE EXPONER A UN NIÑO DE SU EDAD A SEMEJANTE PELIGRO?
ADEMÁS, LOS DIOSES QUERÍAN QUE TÚ ME SIRVIERAS, ¡NO QUE IOLAO HICIERA EL TRABAJO POR TI!
YA TIENE EL CORAJE DE UN SOLDADO. AHORA DEBE APRENDER...
NO IMPORTA. TU TERCER TRABAJO SERÁ MENOS DIFÍCIL, ASÍ QUE NO NECESITARÁS AYUDA.
QUIERO QUE TRAIGAS A LA CIERVA DE CERINIA. ASOMBROSA CRIATURA: ¡TIENE CUERNOS DE ORO!
¿QUIERES QUE TE TRAIGA UNA CIERVA? ESO APENAS ESTÁ A LA ALTURA DE MIS HABILIDADES.
NO ME LLEVARÁ MUCHO TIEMPO.
ADMITO QUE YO TAMPOCO ENTIENDO. ¿UNA CIERVA?
UNA CIERVA SAGRADA DE ARTEMISA, LA DIOSA DE LA LUNA. SI LA MATA, SEGURO QUE LA DIOSA LO CASTIGARÁ.
PERO TÚ LE DIJISTE...
QUE TRAJERA AL ANIMAL, NO QUE LE HICIERA DAÑO.
AH, SÍ. QUÉ INGENIOSO.

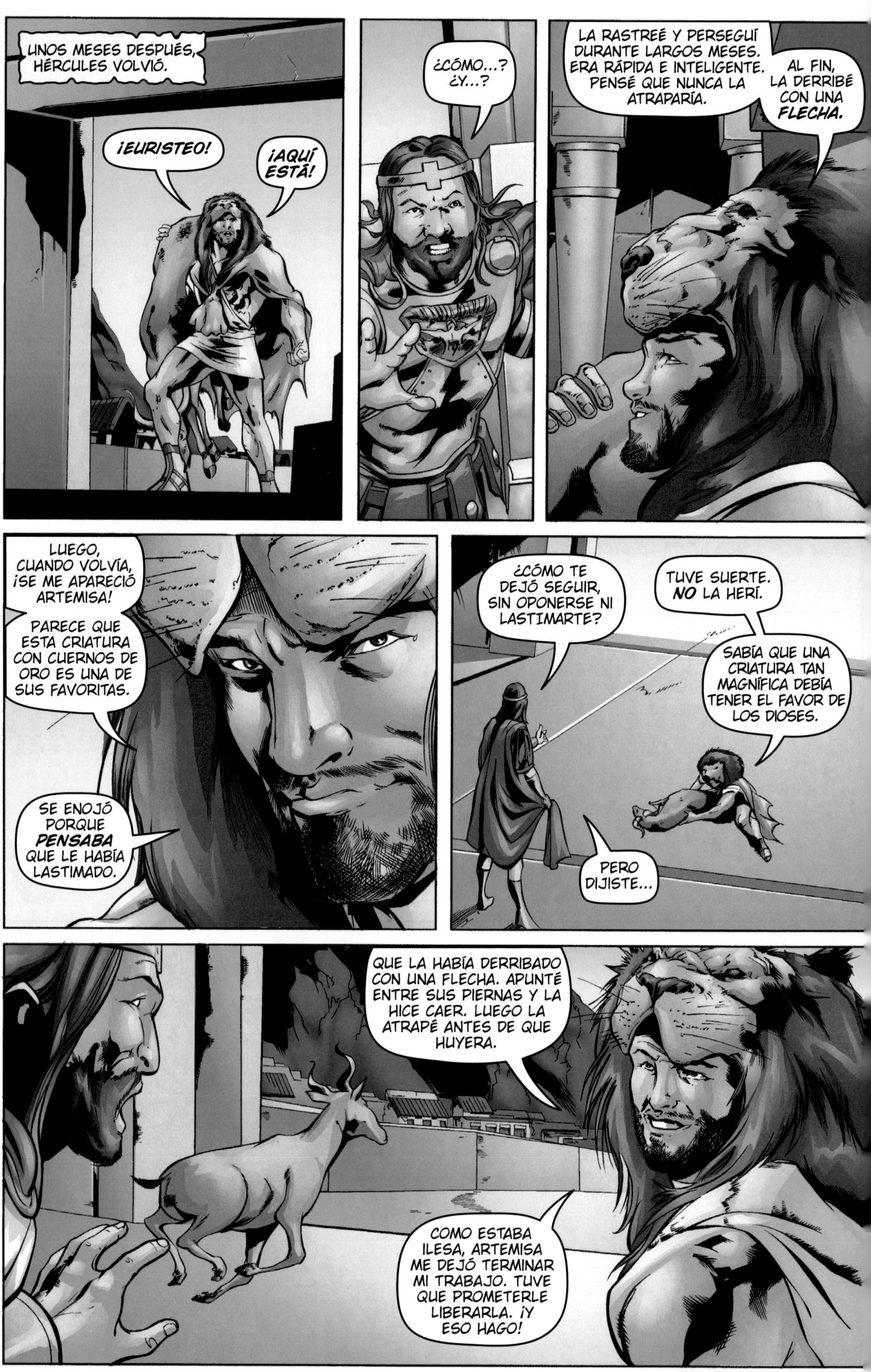
UNOS MESES DESPUÉS, HÉRCULES VOLVIÓ.
¡EURISTEO!
¡AQUÍ ESTÁ!
¿CÓMO...? ¿Y...?
LA RASTREÉ Y PERSEGUÍ DURANTE LARGOS MESES. ERA RÁPIDA E INTELIGENTE. PENSÉ QUE NUNCA LA ATRAPARÍA.
AL FIN, LA DERRIBÉ CON UNA FLECHA.
LUEGO, CUANDO VOLVÍA, ¡SE ME APARECIÓ ARTEMISA!
PARECE QUE ESTA CRIATURA CON CUERNOS DE ORO ES UNA DE SUS FAVORITAS.
SE ENOJÓ PORQUE PENSABA QUE LE HABÍA LASTIMADO.
¿CÓMO TE DEJÓ SEGUIR, SIN OPONERSE NI LASTIMARTE?
TUVE SUERTE. NO LA HERÍ.
SABÍA QUE UNA CRIATURA TAN MAGNÍFICA DEBÍA TENER EL FAVOR DE LOS DIOSES.
PERO DIJISTE...
QUE LA HABÍA DERRIBADO CON UNA FLECHA. APUNTÉ ENTRE SUS PIERNAS Y LA HICE CAER. LUEGO LA ATRAPÉ ANTES DE QUE HUYERA.
COMO ESTABA ILESA, ARTEMISA ME DEJÓ TERMINAR MI TRABAJO. TUVE QUE PROMETERLE LIBERARLA. ¡Y ESO HAGO!

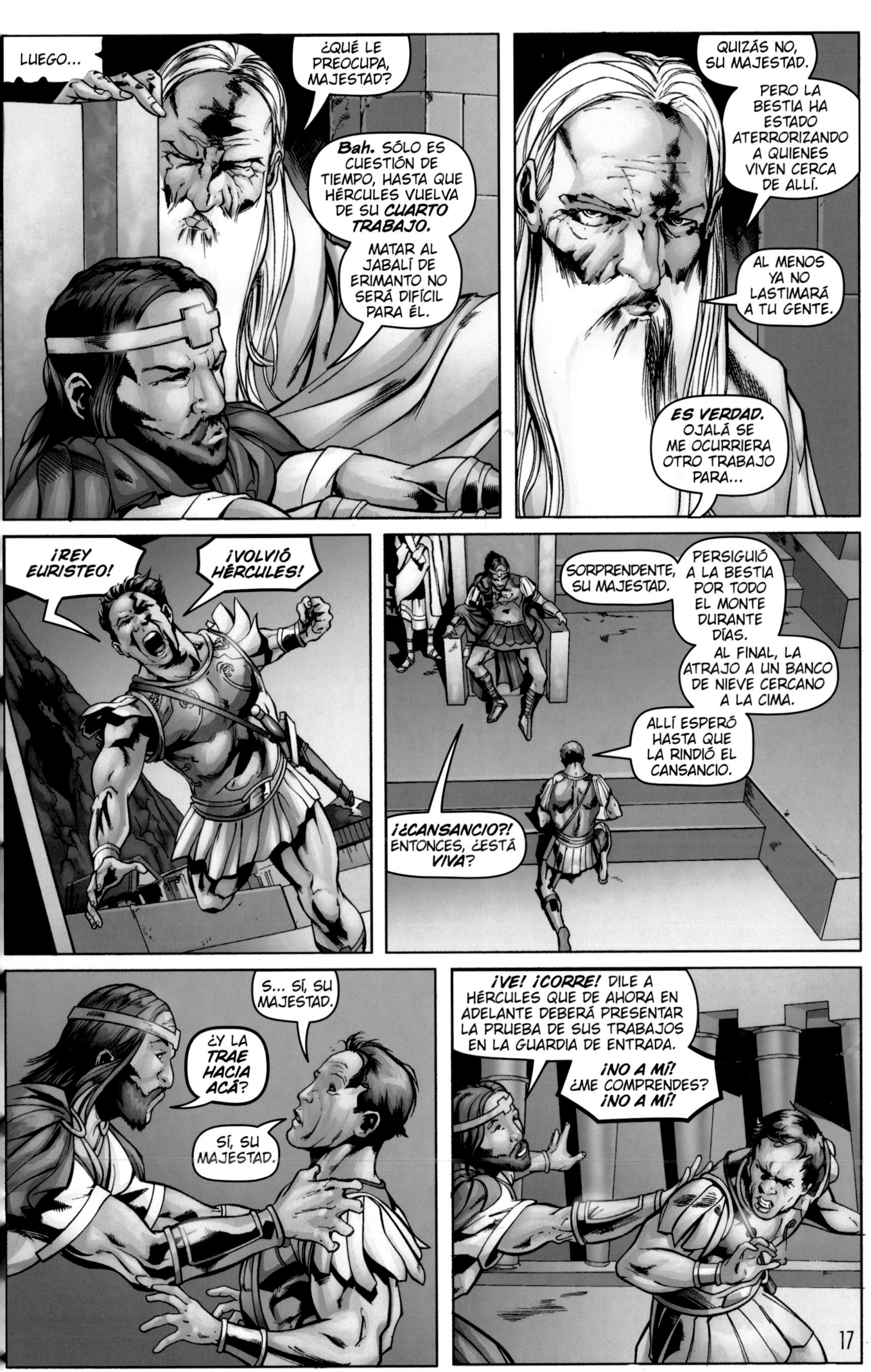
LUEGO...
¿QUÉ LE PREOCUPA, MAJESTAD?
Bah. SÓLO ES CUESTIÓN DE TIEMPO, HASTA QUE HÉRCULES VUELVA DE SU CUARTO TRABAJO.
MATAR AL JABALÍ DE ERIMANTO NO SERÁ DIFÍCIL PARA ÉL.
QUIZÁS NO, SU MAJESTAD.
PERO LA BESTIA HA ESTADO ATERRORIZANDO A QUIENES VIVEN CERCA DE ALLÍ.
AL MENOS YA NO LASTIMARÁ A TU GENTE.
ES VERDAD. OJALÁ SE ME OCURRIERA OTRO TRABAJO PARA...
¡REY EURISTEO!
¡VOLVIÓ HÉRCULES!
SORPRENDENTE, SU MAJESTAD.
PERSIGUIÓ A LA BESTIA POR TODO EL MONTE DURANTE DÍAS.
AL FINAL, LA ATRAJO A UN BANCO DE NIEVE CERCANO A LA CIMA.
ALLÍ ESPERÓ HASTA QUE LA RINDIÓ EL CANSANCIO.
¡¿CANSANCIO?! ENTONCES, ¿ESTÁ VIVA?
S... SÍ, SU MAJESTAD.
¿Y LA TRAE HACIA ACÁ?
SÍ, SU MAJESTAD.
¡VE! ¡CORRE! DILE A HÉRCULES QUE DE AHORA EN ADELANTE DEBERÁ PRESENTAR LA PRUEBA DE SUS TRABAJOS EN LA GUARDIA DE ENTRADA.
¡NO A MÍ! ¿ME COMPRENDES? ¡NO A MÍ!

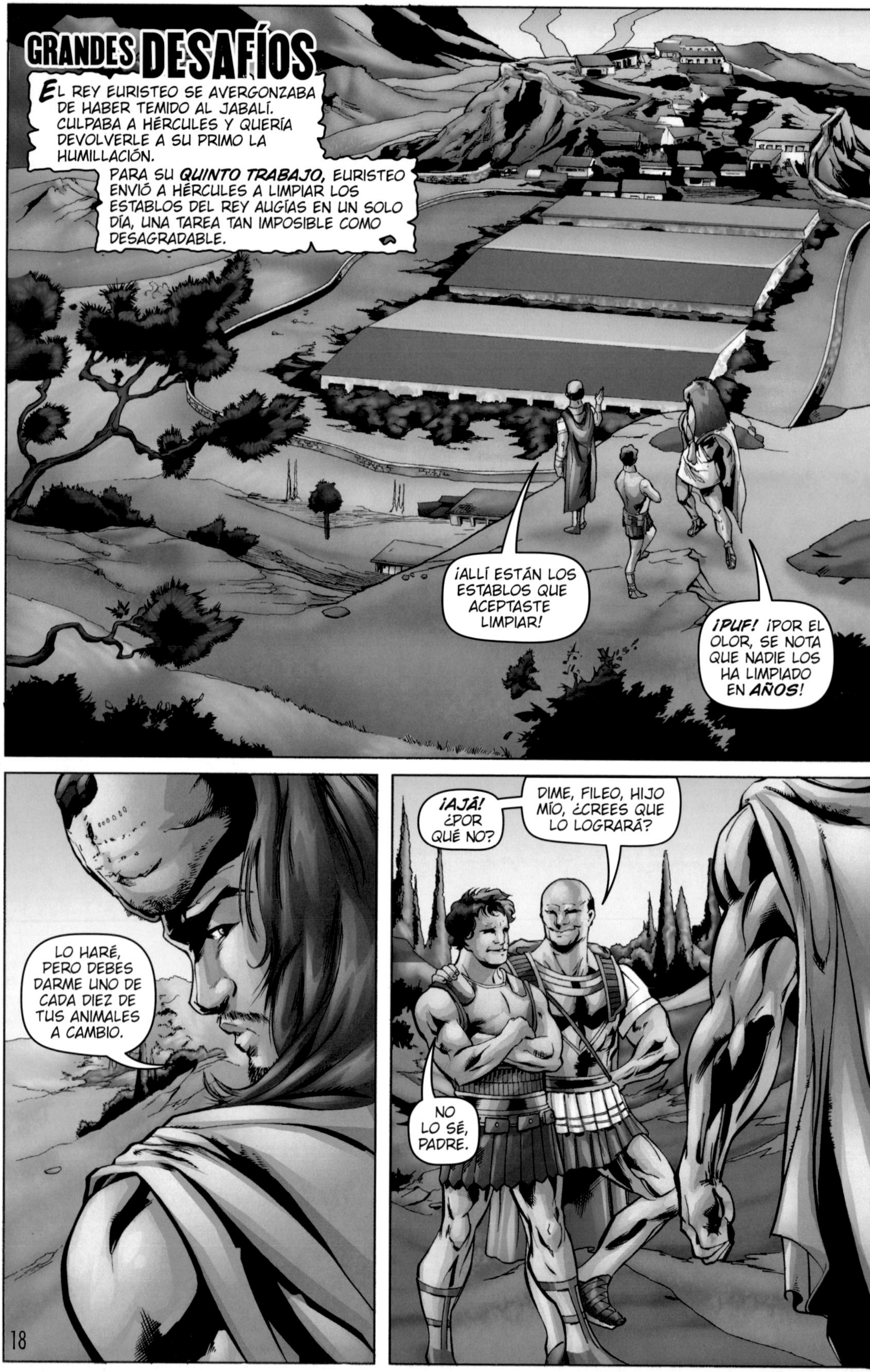
GRANDES DESAFÍOS
EL REY EURISTEO SE AVERGONZABA DE HABER TEMIDO AL JABALÍ. CULPABA A HÉRCULES Y QUERÍA DEVOLVERLE A SU PRIMO LA HUMILLACIÓN.
PARA SU QUINTO TRABAJO, EURISTEO ENVIÓ A HÉRCULES A LIMPIAR LOS ESTABLOS DEL REY AUGÍAS EN UN SOLO DÍA, UNA TAREA TAN IMPOSIBLE COMO DESAGRADABLE.
¡ALLÍ ESTÁN LOS ESTABLOS QUE ACEPTASTE LIMPIAR!
¡PUF! ¡POR EL OLOR, SE NOTA QUE NADIE LOS HA LIMPIADO EN AÑOS!
LO HARÉ, PERO DEBES DARME UNO DE CADA DIEZ DE TUS ANIMALES A CAMBIO.
DIME, FILEO, HIJO MÍO, ¿CREES QUE LO LOGRARÁ?
NO LO SÉ, PADRE.
¡AJÁ! ¿POR QUÉ NO?

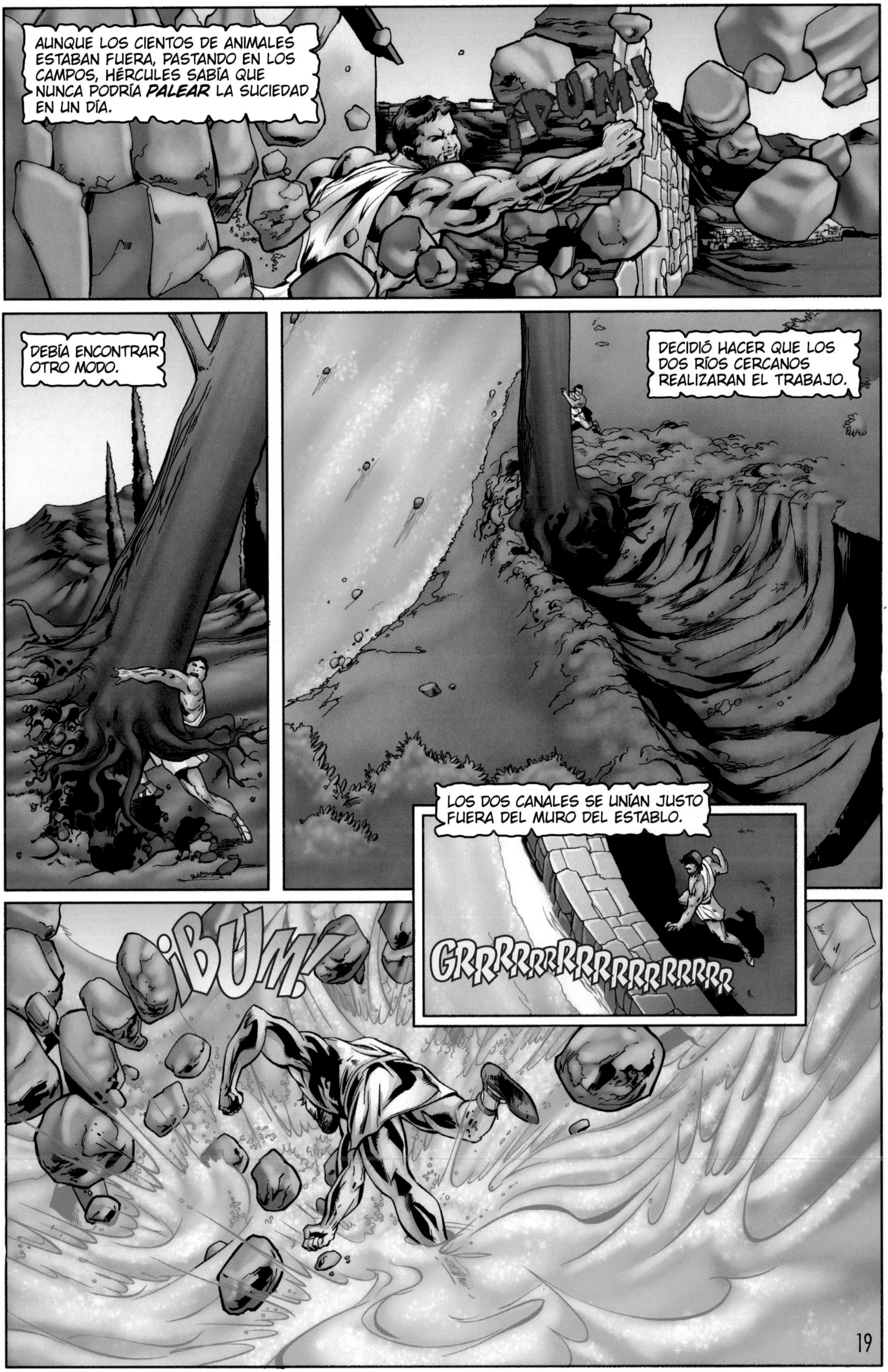
AUNQUE LOS CIENTOS DE ANIMALES ESTABAN FUERA, PASTANDO EN LOS CAMPOS, HÉRCULES SABÍA QUE NUNCA PODRÍA **PALEAR** LA SUCIEDAD EN UN DÍA.
¡PUM!
DEBÍA ENCONTRAR OTRO MODO.
DECIDIÓ HACER QUE LOS DOS RÍOS CERCANOS REALIZARAN EL TRABAJO.
LOS DOS CANALES SE UNÍAN JUSTO FUERA DEL MURO DEL ESTABLO.
GRRRRRRRRRRRRRRRRRRR
¡BUM!

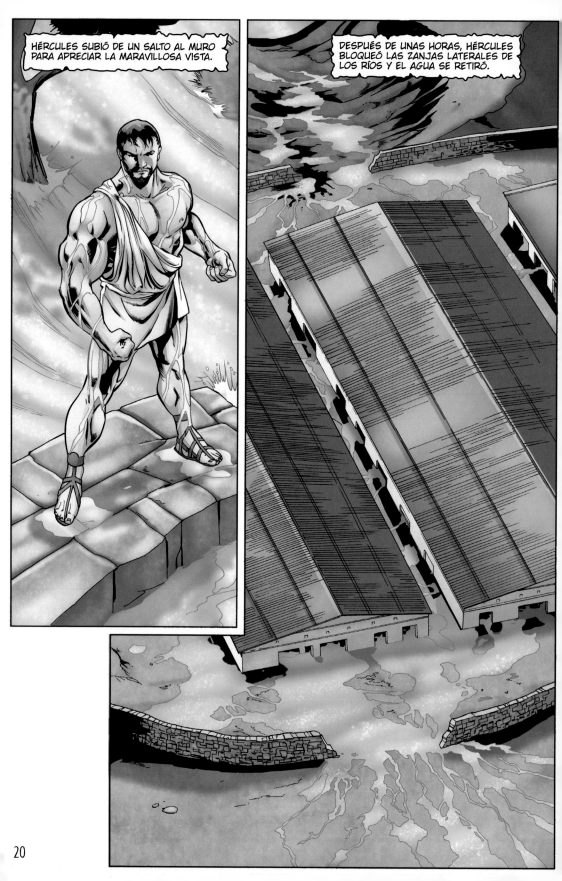

HÉRCULES SUBIÓ DE UN SALTO AL MURO PARA APRECIAR LA MARAVILLOSA VISTA.

DESPUÉS DE UNAS HORAS, HÉRCULES BLOQUEÓ LAS ZANJAS LATERALES DE LOS RÍOS Y EL AGUA SE RETIRÓ.

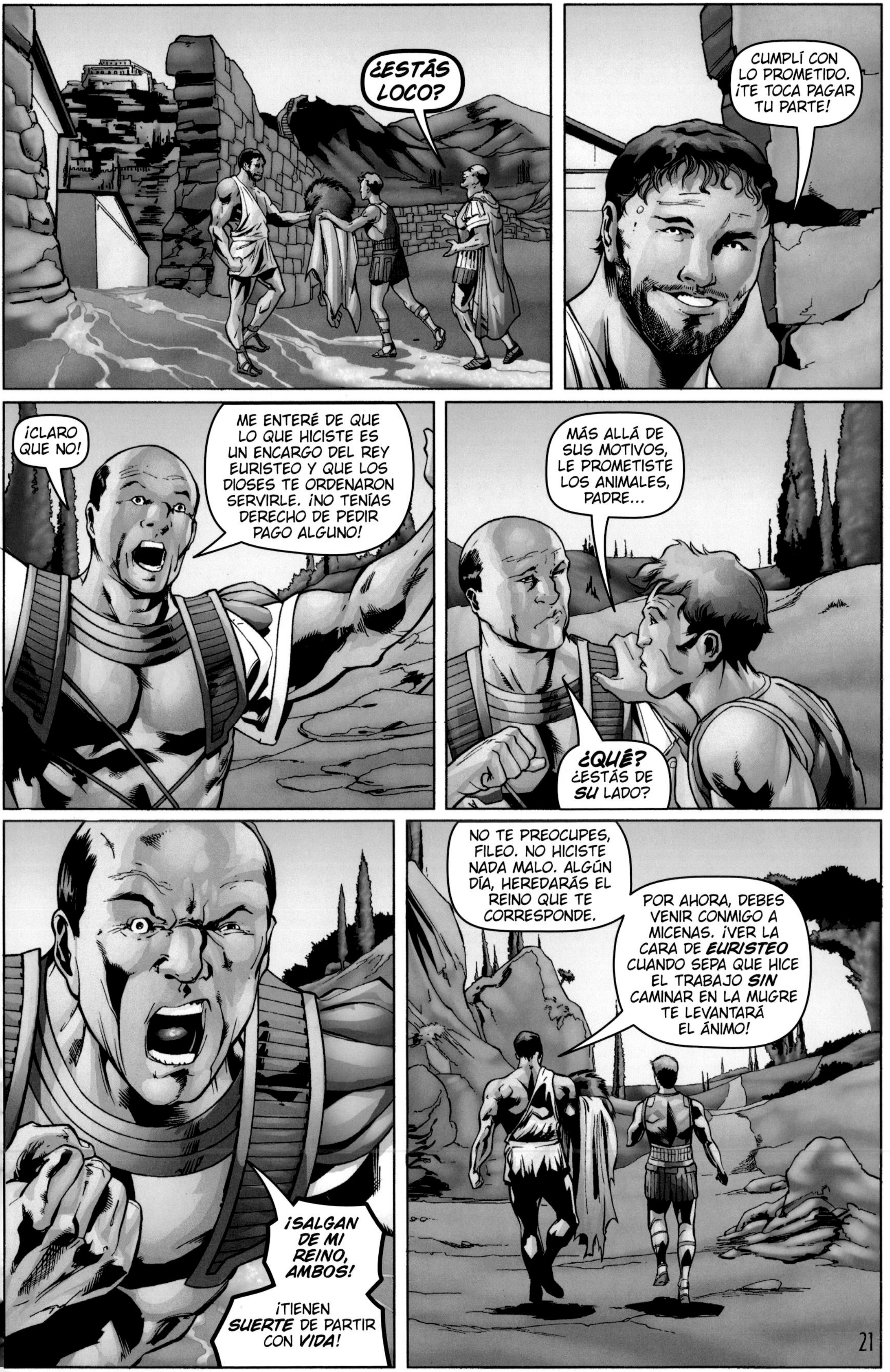
¿ESTÁS LOCO?
CUMPLÍ CON LO PROMETIDO. ¡TE TOCA PAGAR TU PARTE!
¡CLARO QUE NO!
ME ENTERÉ DE QUE LO QUE HICISTE ES UN ENCARGO DEL REY EURISTEO Y QUE LOS DIOSES TE ORDENARON SERVIRLE. ¡NO TENÍAS DERECHO DE PEDIR PAGO ALGUNO!
MÁS ALLÁ DE SUS MOTIVOS, LE PROMETISTE LOS ANIMALES, PADRE...
¿QUÉ? ¿ESTÁS DE SU LADO?
¡SALGAN DE MI REINO, AMBOS!
¡TIENEN SUERTE DE PARTIR CON VIDA!
NO TE PREOCUPES, FILEO. NO HICISTE NADA MALO. ALGÚN DÍA, HEREDARÁS EL REINO QUE TE CORRESPONDE.
POR AHORA, DEBES VENIR CONMIGO A MICENAS. ¡VER LA CARA DE EURISTEO CUANDO SEPA QUE HICE EL TRABAJO SIN CAMINAR EN LA MUGRE TE LEVANTARÁ EL ÁNIMO!

HÉRCULES TENÍA RAZÓN ACERCA DE LA DECEPCIÓN DE SU PRIMO. NO SE SORPRENDIÓ CUANDO EL REY LO ENVIÓ A SU **SEXTO TRABAJO** DE INMEDIATO, PERO LA TAREA LO DESCONCERTÓ.

EL REY EURISTEO LO ENVIÓ AL LAGO ESTÍNFALO A CAZAR UNAS **AVES** QUE MOLESTABAN A LOS AGRICULTORES DEL LUGAR. PARECÍA DEMASIADO FÁCIL.

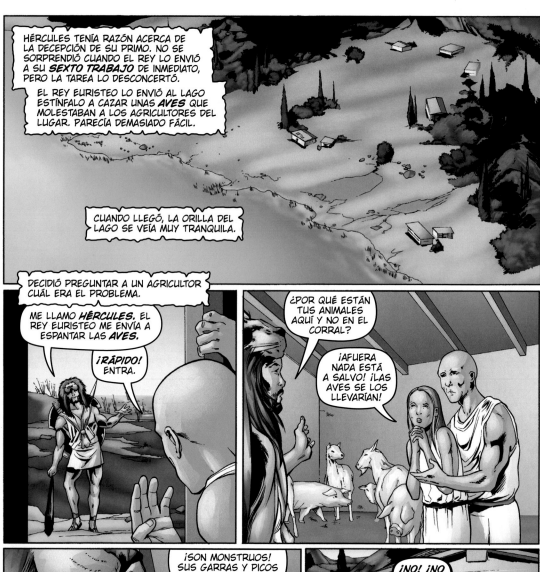

CUANDO LLEGÓ, LA ORILLA DEL LAGO SE VEÍA MUY TRANQUILA.

DECIDIÓ PREGUNTAR A UN AGRICULTOR CUÁL ERA EL PROBLEMA.

ME LLAMO **HÉRCULES.** EL REY EURISTEO ME ENVÍA A ESPANTAR LAS **AVES.**

¡RÁPIDO! ENTRA.

¿POR QUÉ ESTÁN TUS ANIMALES AQUÍ Y NO EN EL CORRAL?

¡AFUERA NADA ESTÁ A SALVO! ¡LAS AVES SE LOS LLEVARÍAN!

¡SON MONSTRUOS! SUS GARRAS Y PICOS SON DE BRONCE.

¡TIENEN ALAS BRILLANTES COMO EL METAL Y CAEN DEL CIELO COMO FLECHAS!

LO QUE MATAN, LO LLEVAN PARA COMER.

VEO QUE EURISTEO OLVIDÓ MENCIONAR QUE LAS CRIATURAS ERAN TAN FEROCES.

NO IMPORTA. LAS ESPANTARÉ.

¡NO! ¡NO SALGAS!

¡NO TEMAS! TUS ADVERTENCIAS ME MANTENDRÁN A SALVO.

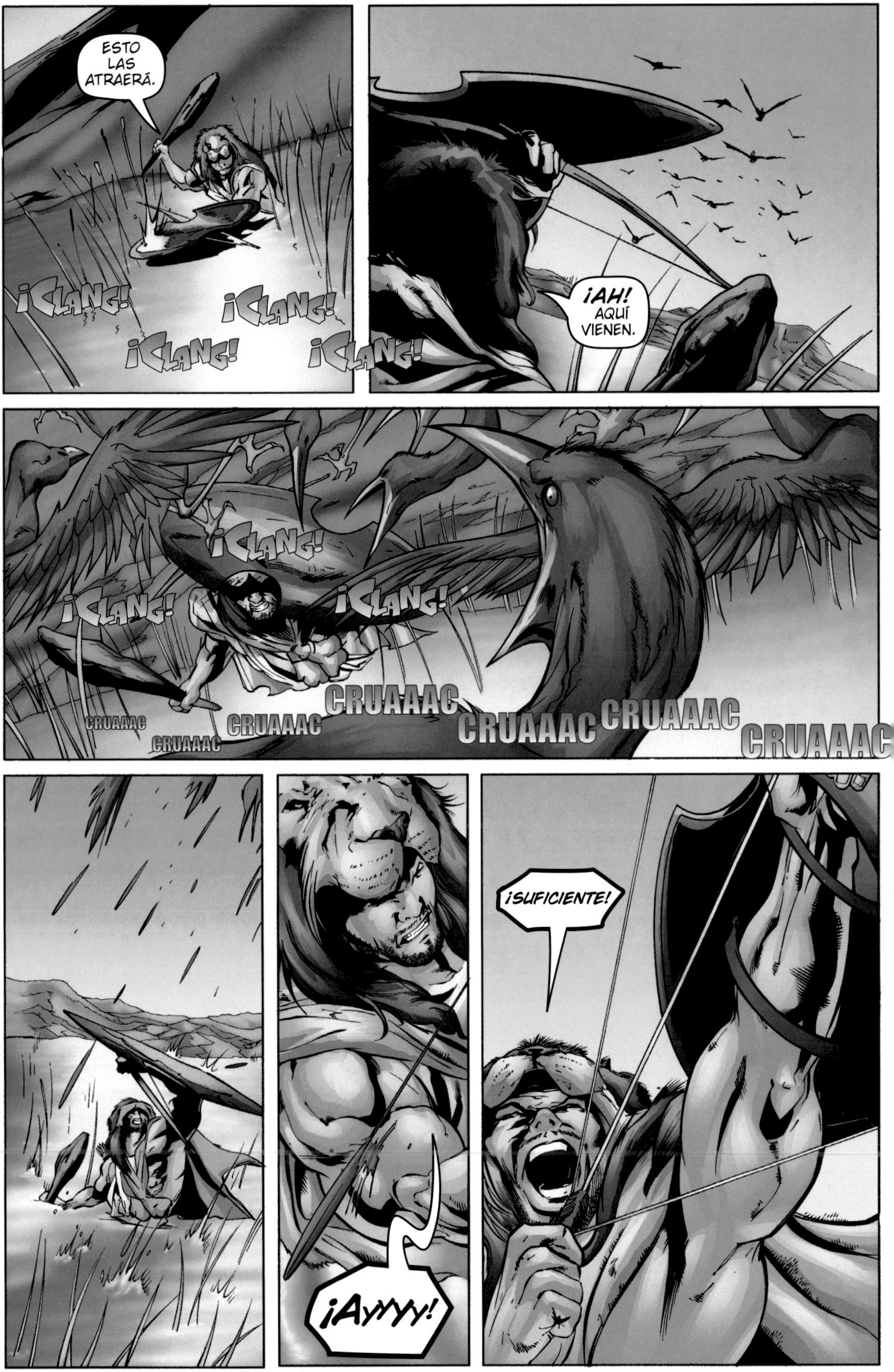
ESTO LAS ATRAERÁ.
¡CLANG!
¡CLANG!
¡CLANG!
¡CLANG!
¡AH! AQUÍ VIENEN.
¡CLANG!
¡CLANG!
¡CLANG!
CRUAAAC
CRUAAAC
CRUAAAC
CRUAAAC
CRUAAAC
CRUAAAC
CRUAAAC
¡AYYYY!
¡SUFICIENTE!

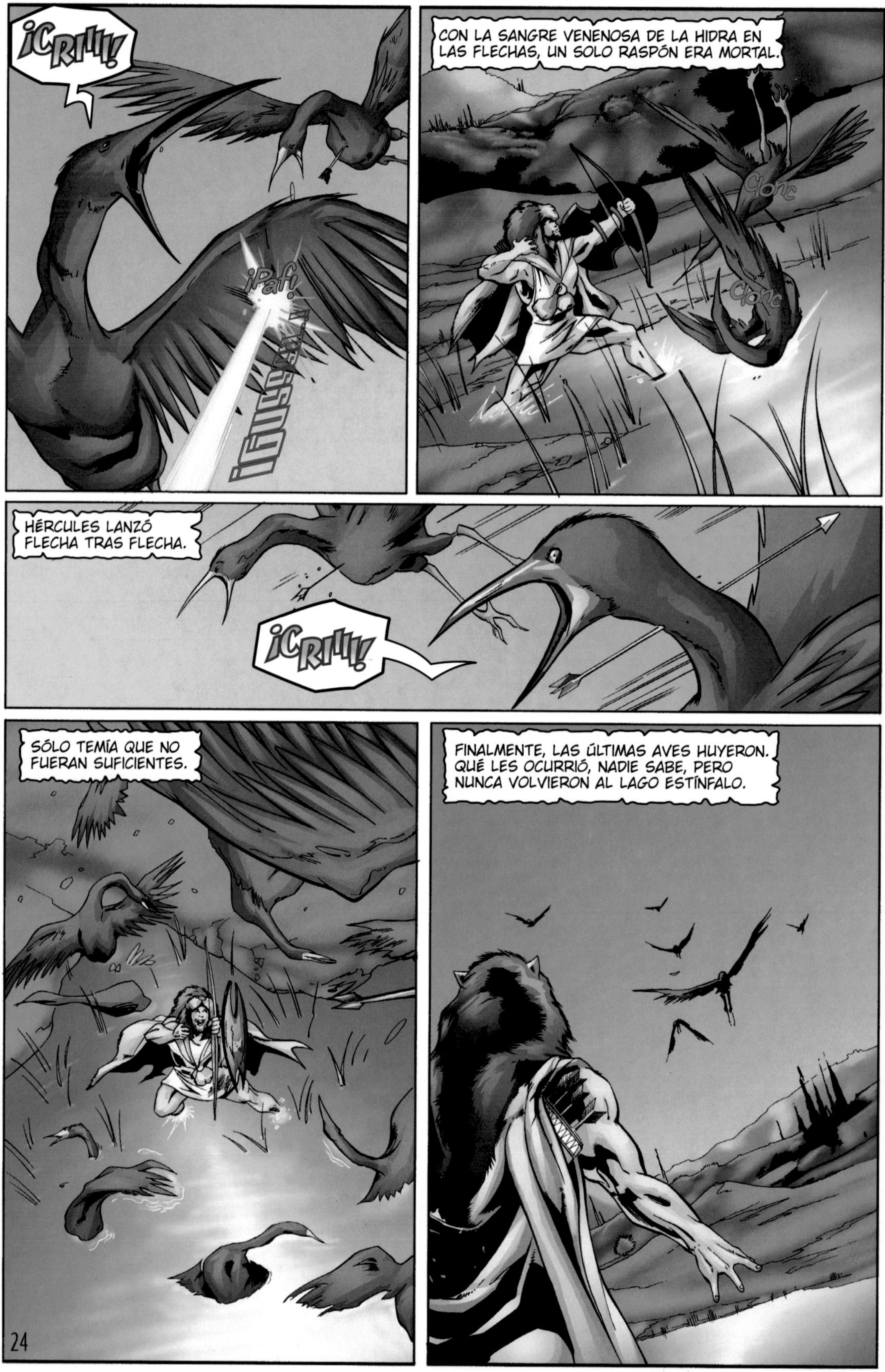
¡CRIIII!
¡Paf!
CON LA SANGRE VENENOSA DE LA HIDRA EN LAS FLECHAS, UN SOLO RASPÓN ERA MORTAL.
Clonc
Clonc
HÉRCULES LANZÓ FLECHA TRAS FLECHA.
¡CRIIII!
SÓLO TEMÍA QUE NO FUERAN SUFICIENTES.
FINALMENTE, LAS ÚLTIMAS AVES HUYERON. QUÉ LES OCURRIÓ, NADIE SABE, PERO NUNCA VOLVIERON AL LAGO ESTÍNFALO.

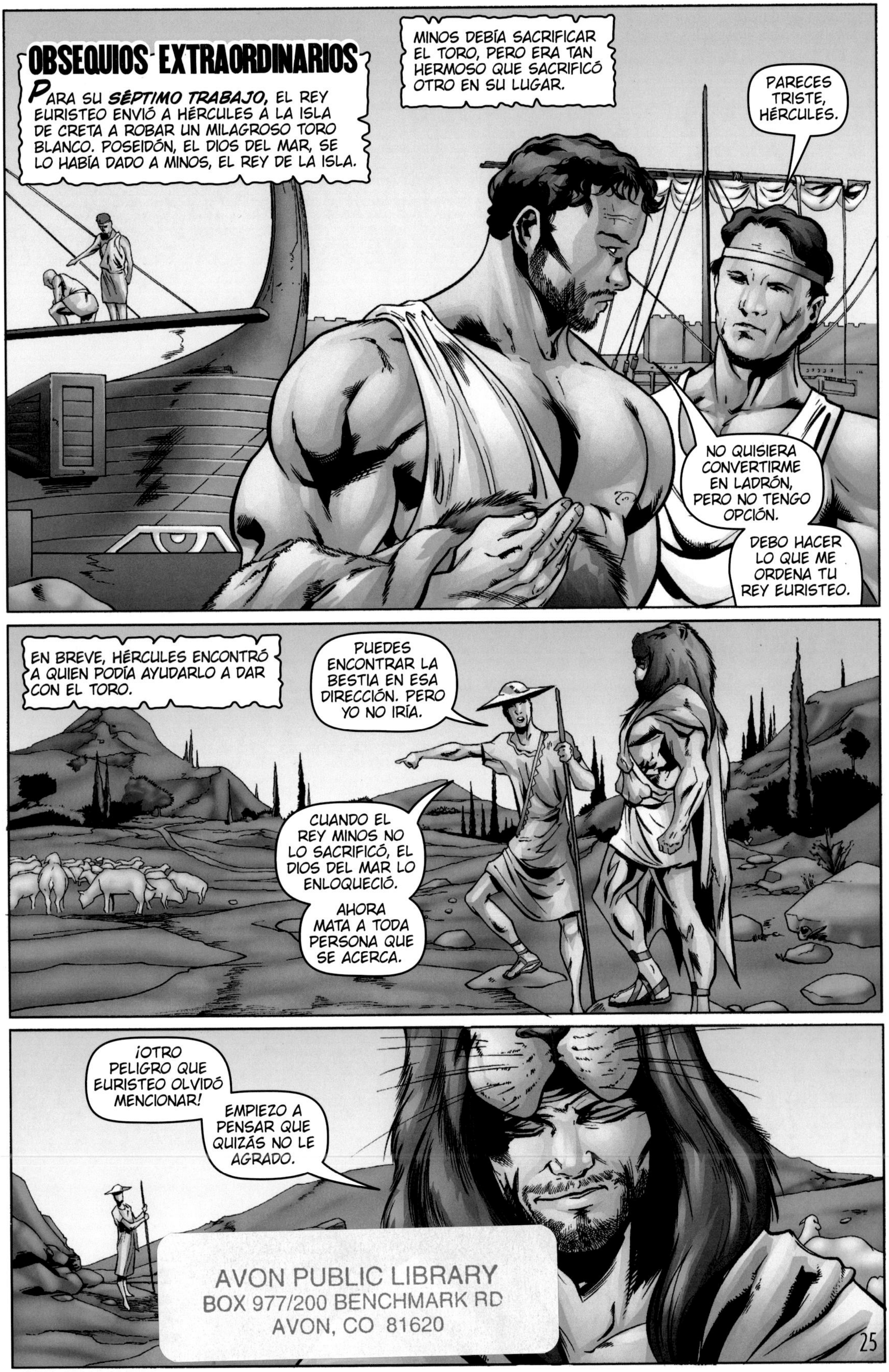
OBSEQUIOS EXTRAORDINARIOS
PARA SU SÉPTIMO TRABAJO, EL REY EURISTEO ENVIÓ A HÉRCULES A LA ISLA DE CRETA A ROBAR UN MILAGROSO TORO BLANCO. POSEIDÓN, EL DIOS DEL MAR, SE LO HABÍA DADO A MINOS, EL REY DE LA ISLA.
MINOS DEBÍA SACRIFICAR EL TORO, PERO ERA TAN HERMOSO QUE SACRIFICÓ OTRO EN SU LUGAR.
PARECES TRISTE, HÉRCULES.
NO QUISIERA CONVERTIRME EN LADRÓN, PERO NO TENGO OPCIÓN.
DEBO HACER LO QUE ME ORDENA TU REY EURISTEO.
EN BREVE, HÉRCULES ENCONTRÓ A QUIEN PODÍA AYUDARLO A DAR CON EL TORO.
PUEDES ENCONTRAR LA BESTIA EN ESA DIRECCIÓN. PERO YO NO IRÍA.
CUANDO EL REY MINOS NO LO SACRIFICÓ, EL DIOS DEL MAR LO ENLOQUECIÓ.
AHORA MATA A TODA PERSONA QUE SE ACERCA.
¡OTRO PELIGRO QUE EURISTEO OLVIDÓ MENCIONAR!
EMPIEZO A PENSAR QUE QUIZÁS NO LE AGRADO.

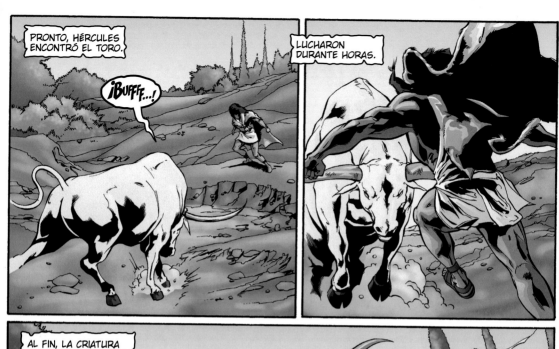

PRONTO, HÉRCULES ENCONTRÓ EL TORO.

¡BUFFFF...!

LUCHARON DURANTE HORAS.

AL FIN, LA CRIATURA EMPEZÓ A CANSARSE.

EL TORO CAYÓ AL SUELO CON TANTA FUERZA QUE SE ATURDIÓ.

¡UF! GRACIAS A LOS DIOSES NO TENGO QUE LUCHAR CONTIGO HASTA LLEGAR AL BARCO!

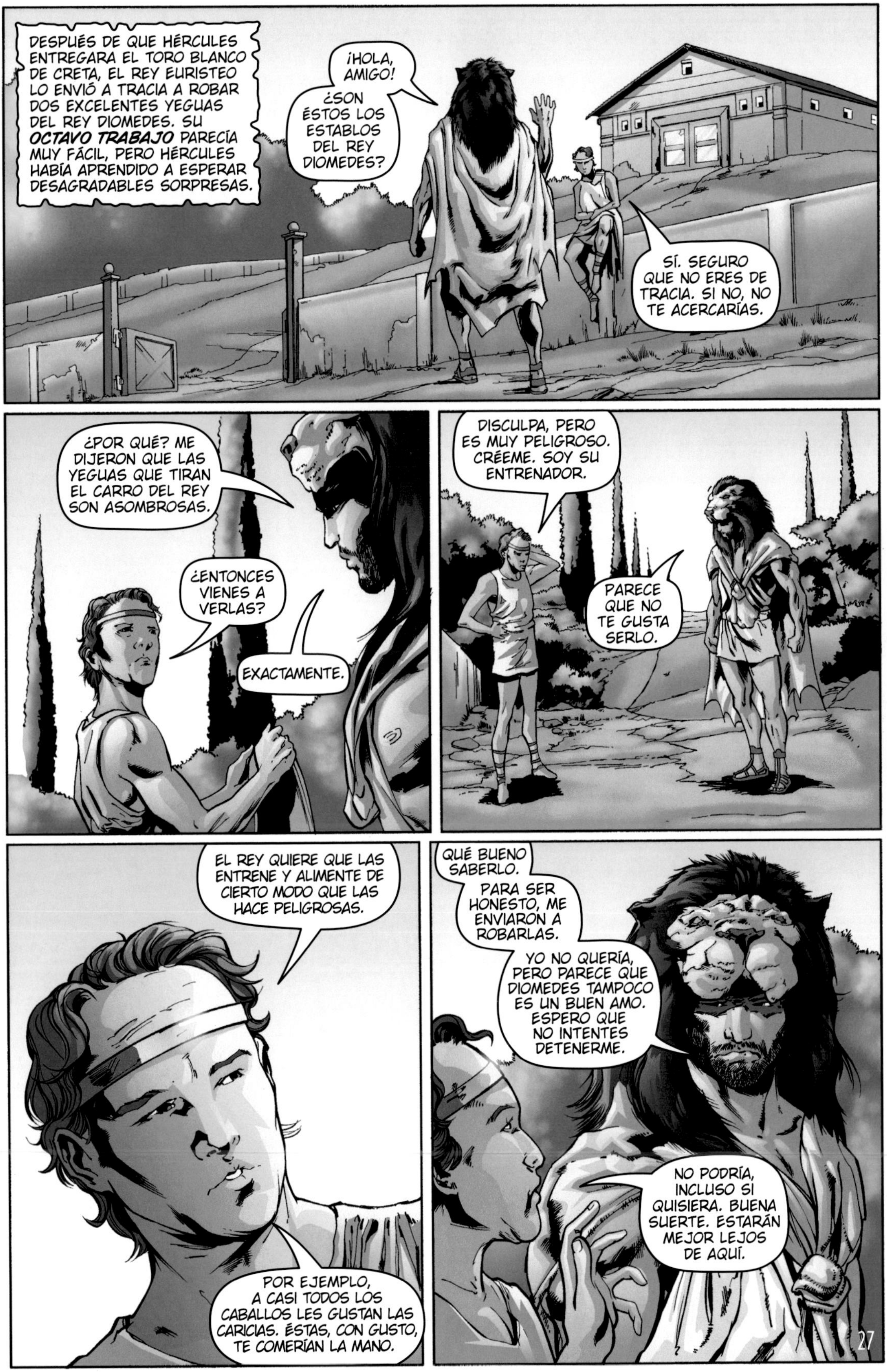
DESPUÉS DE QUE HÉRCULES ENTREGARA EL TORO BLANCO DE CRETA, EL REY EURISTEO LO ENVIÓ A TRACIA A ROBAR DOS EXCELENTES YEGUAS DEL REY DIOMEDES. SU OCTAVO TRABAJO PARECÍA MUY FÁCIL, PERO HÉRCULES HABÍA APRENDIDO A ESPERAR DESAGRADABLES SORPRESAS.
¡HOLA, AMIGO!
¿SON ÉSTOS LOS ESTABLOS DEL REY DIOMEDES?
SÍ. SEGURO QUE NO ERES DE TRACIA. SI NO, NO TE ACERCARÍAS.
¿POR QUÉ? ME DIJERON QUE LAS YEGUAS QUE TIRAN EL CARRO DEL REY SON ASOMBROSAS.
¿ENTONCES VIENES A VERLAS?
EXACTAMENTE.
DISCULPA, PERO ES MUY PELIGROSO. CRÉEME. SOY SU ENTRENADOR.
PARECE QUE NO TE GUSTA SERLO.
EL REY QUIERE QUE LAS ENTRENE Y ALIMENTE DE CIERTO MODO QUE LAS HACE PELIGROSAS.
POR EJEMPLO, A CASI TODOS LOS CABALLOS LES GUSTAN LAS CARICIAS. ÉSTAS, CON GUSTO, TE COMERÍAN LA MANO.
QUÉ BUENO SABERLO.
PARA SER HONESTO, ME ENVIARON A ROBARLAS.
YO NO QUERÍA, PERO PARECE QUE DIOMEDES TAMPOCO ES UN BUEN AMO. ESPERO QUE NO INTENTES DETENERME.
NO PODRÍA, INCLUSO SI QUISIERA. BUENA SUERTE. ESTARÁN MEJOR LEJOS DE AQUÍ.

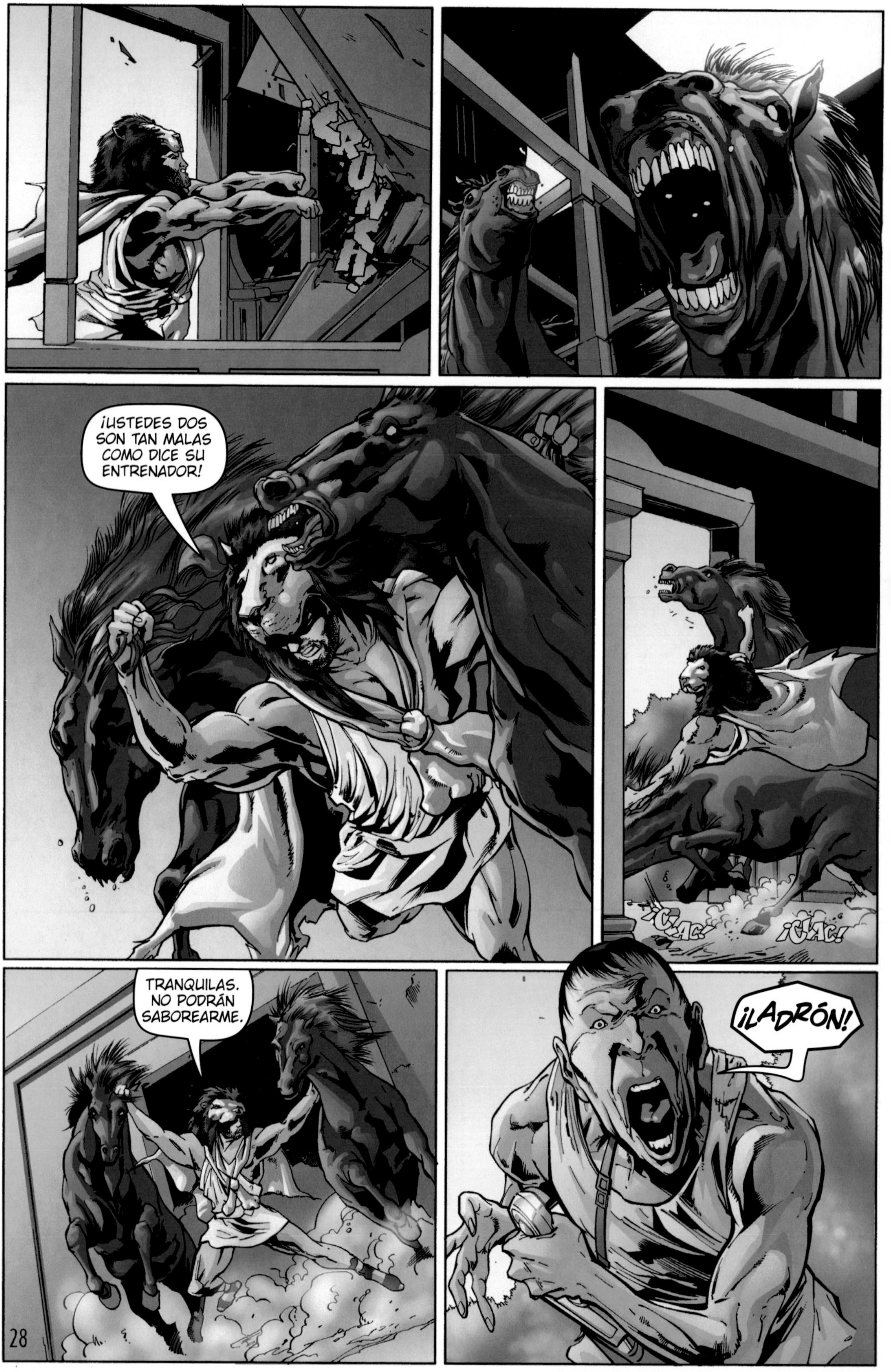
¡CRUNK!
¡USTEDES DOS SON TAN MALAS COMO DICE SU ENTRENADOR!
¡CLAC! ¡CLAC!
TRANQUILAS. NO PODRÁN SABOREARME.
¡LADRÓN!

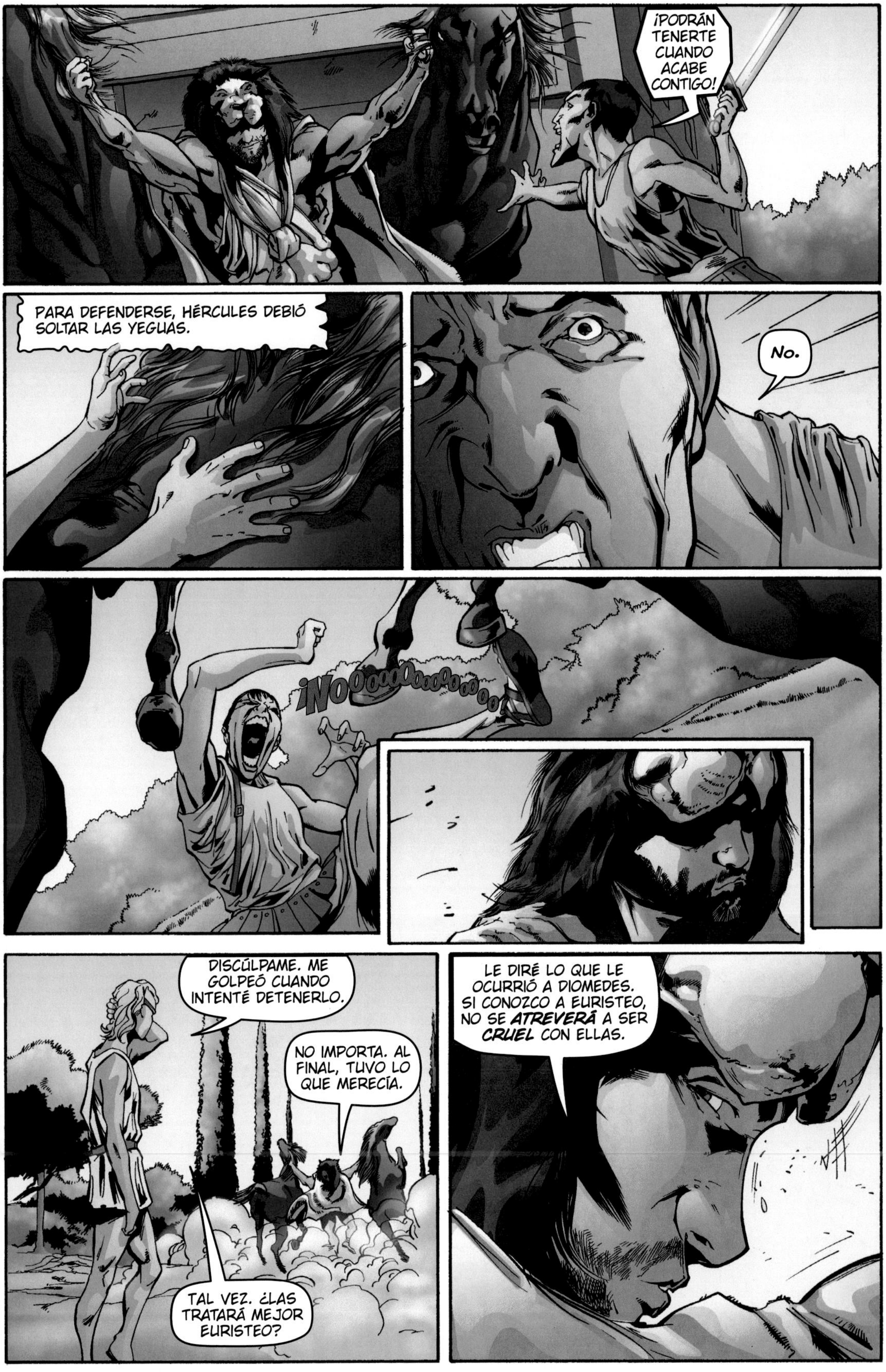
¡PODRÁN TENERTE CUANDO ACABE CONTIGO!
PARA DEFENDERSE, HÉRCULES DEBIÓ SOLTAR LAS YEGUAS.
No.
¡NOOOOOOOOOOOOOO!
DISCÚLPAME. ME GOLPEÓ CUANDO INTENTÉ DETENERLO.
NO IMPORTA. AL FINAL, TUVO LO QUE MERECÍA.
TAL VEZ. ¿LAS TRATARÁ MEJOR EURISTEO?
LE DIRÉ LO QUE LE OCURRIÓ A DIOMEDES. SI CONOZCO A EURISTEO, NO SE ATREVERÁ A SER CRUEL CON ELLAS.

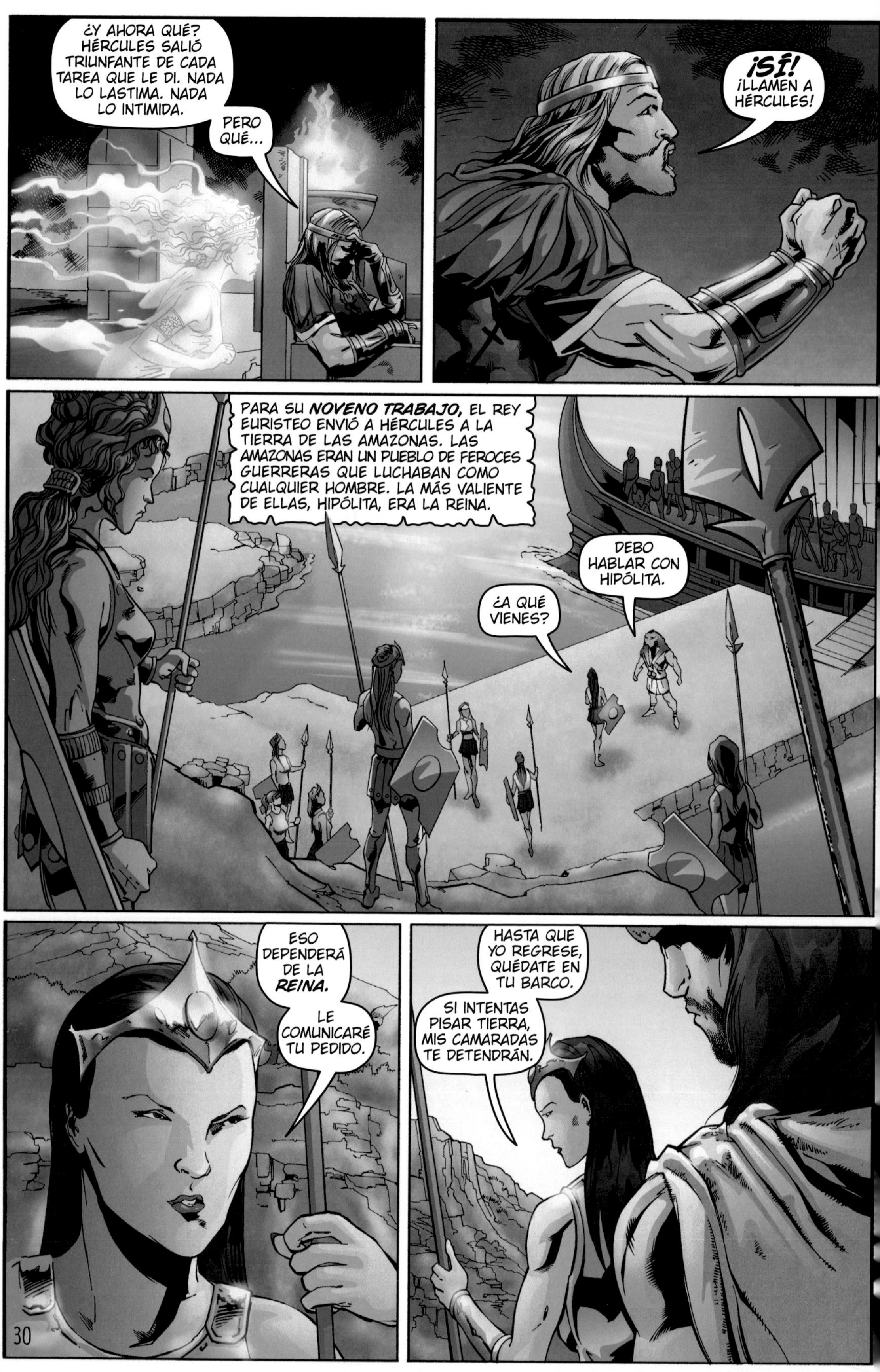

¿Y AHORA QUÉ? HÉRCULES SALIÓ TRIUNFANTE DE CADA TAREA QUE LE DI. NADA LO LASTIMA. NADA LO INTIMIDA.
PERO QUÉ...
¡SÍ! ¡LLAMEN A HÉRCULES!
PARA SU NOVENO TRABAJO, EL REY EURISTEO ENVIÓ A HÉRCULES A LA TIERRA DE LAS AMAZONAS. LAS AMAZONAS ERAN UN PUEBLO DE FEROCES GUERRERAS QUE LUCHABAN COMO CUALQUIER HOMBRE. LA MÁS VALIENTE DE ELLAS, HIPÓLITA, ERA LA REINA.
¿A QUÉ VIENES?
DEBO HABLAR CON HIPÓLITA.
ESO DEPENDERÁ DE LA REINA.
LE COMUNICARÉ TU PEDIDO.
HASTA QUE YO REGRESE, QUÉDATE EN TU BARCO.
SI INTENTAS PISAR TIERRA, MIS CAMARADAS TE DETENDRÁN.

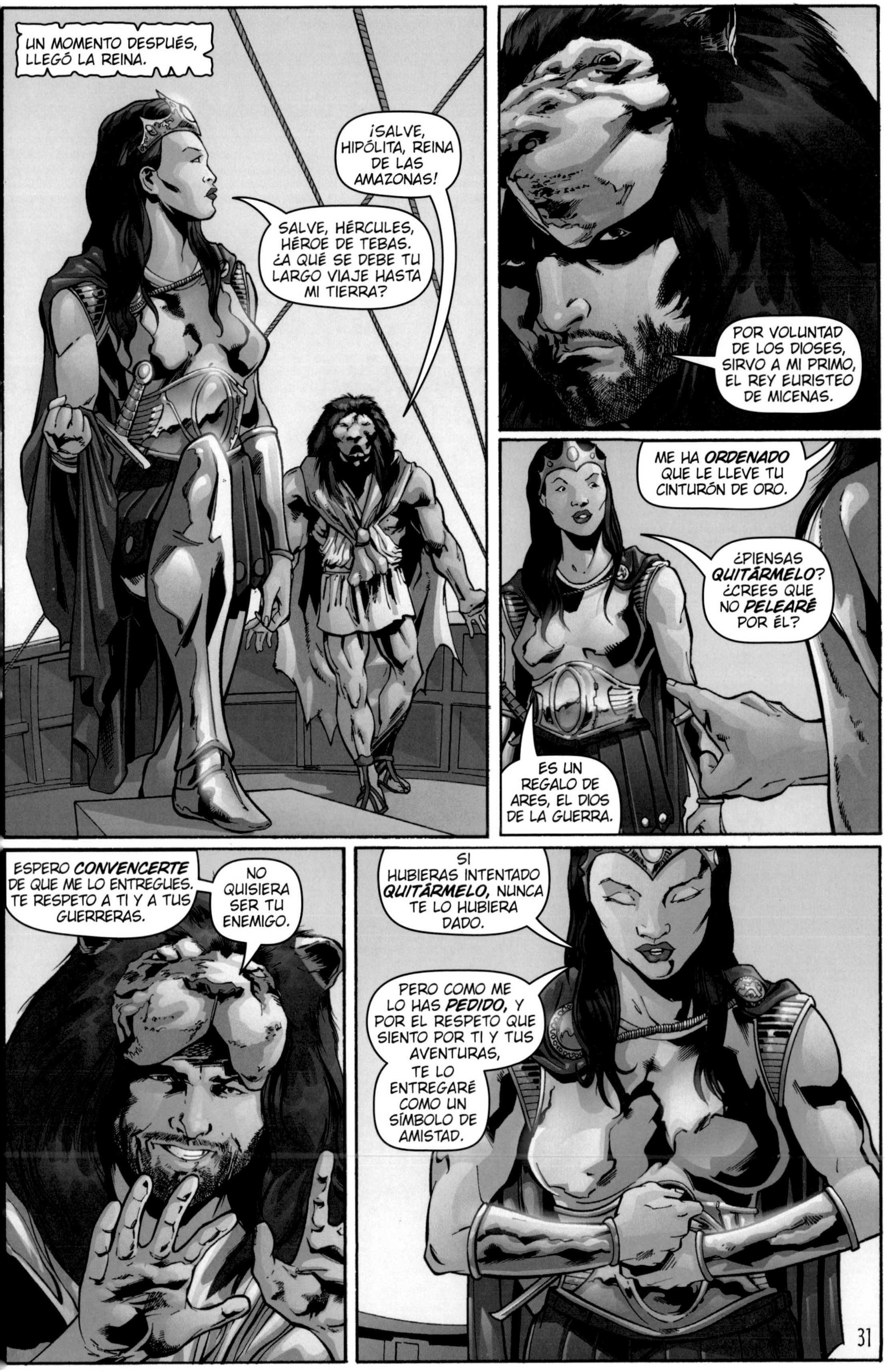
UN MOMENTO DESPUÉS, LLEGÓ LA REINA.
¡SALVE, HIPÓLITA, REINA DE LAS AMAZONAS!
SALVE, HÉRCULES, HÉROE DE TEBAS. ¿A QUÉ SE DEBE TU LARGO VIAJE HASTA MI TIERRA?
POR VOLUNTAD DE LOS DIOSES, SIRVO A MI PRIMO, EL REY EURISTEO DE MICENAS.
ME HA **ORDENADO** QUE LE LLEVE TU CINTURÓN DE ORO.
¿PIENSAS **QUITÁRMELO**? ¿CREES QUE NO **PELEARÉ** POR ÉL?
ES UN REGALO DE ARES, EL DIOS DE LA GUERRA.
ESPERO **CONVENCERTE** DE QUE ME LO ENTREGUES. TE RESPETO A TI Y A TUS GUERRERAS.
NO QUISIERA SER TU ENEMIGO.
SI HUBIERAS INTENTADO **QUITÁRMELO**, NUNCA TE LO HUBIERA DADO.
PERO COMO ME LO HAS **PEDIDO**, Y POR EL RESPETO QUE SIENTO POR TI Y TUS AVENTURAS, TE LO ENTREGARÉ COMO UN SÍMBOLO DE AMISTAD.

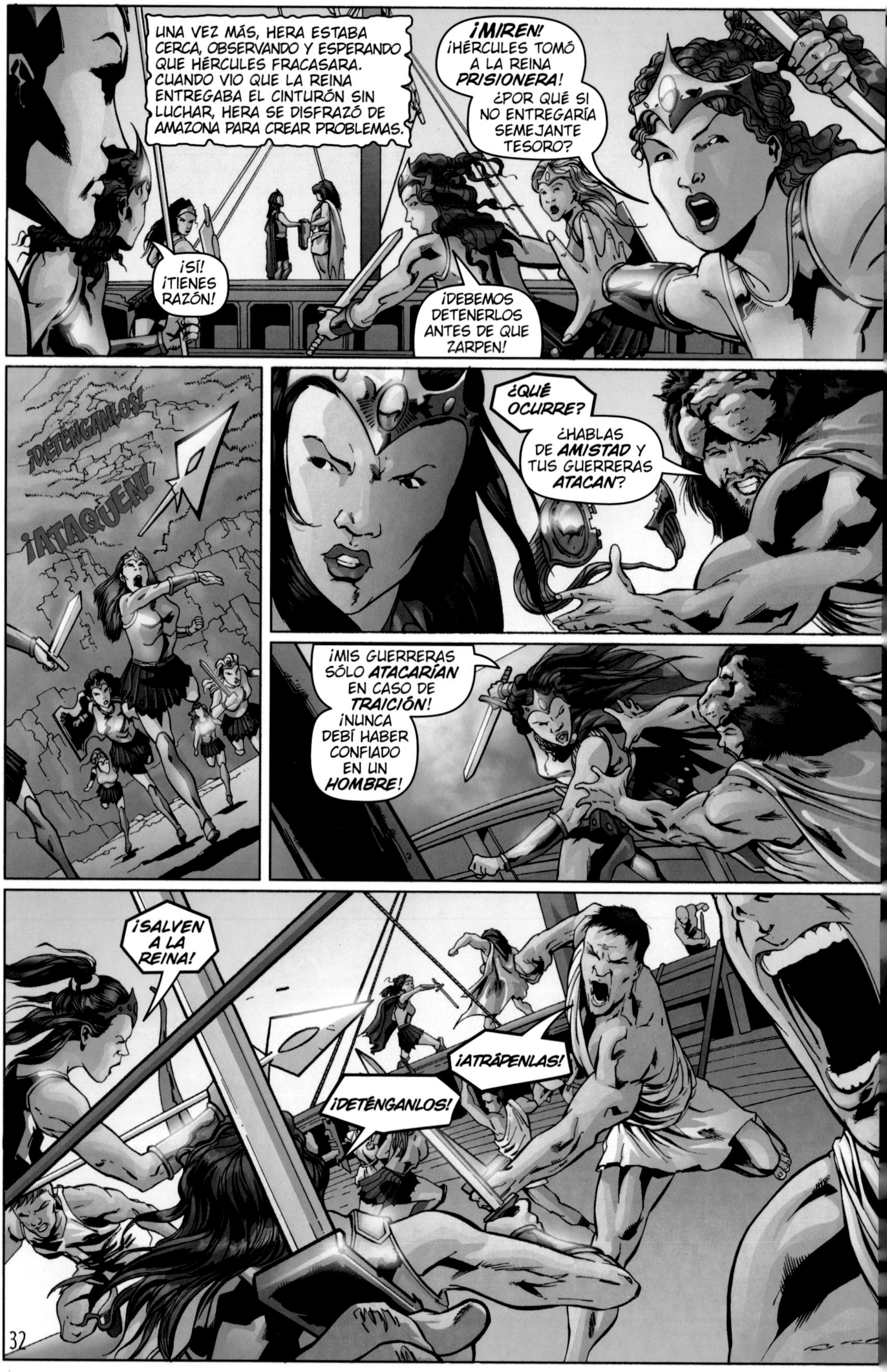
UNA VEZ MÁS, HERA ESTABA CERCA, OBSERVANDO Y ESPERANDO QUE HÉRCULES FRACASARA. CUANDO VIO QUE LA REINA ENTREGABA EL CINTURÓN SIN LUCHAR, HERA SE DISFRAZÓ DE AMAZONA PARA CREAR PROBLEMAS.
¡MIREN! ¡HÉRCULES TOMÓ A LA REINA PRISIONERA!
¿POR QUÉ SI NO ENTREGARÍA SEMEJANTE TESORO?
¡SÍ! ¡TIENES RAZÓN!
¡DEBEMOS DETENERLOS ANTES DE QUE ZARPEN!
¡DETÉNGANLOS!
¡ATAQUEN!
¡ATAQUEN!
¿QUÉ OCURRE?
¿HABLAS DE AMISTAD Y TUS GUERRERAS ATACAN?
¡MIS GUERRERAS SÓLO ATACARÍAN EN CASO DE TRAICIÓN!
¡NUNCA DEBÍ HABER CONFIADO EN UN HOMBRE!
¡SALVEN A LA REINA!
¡ATRÁPENLAS!
¡DETÉNGANLOS!

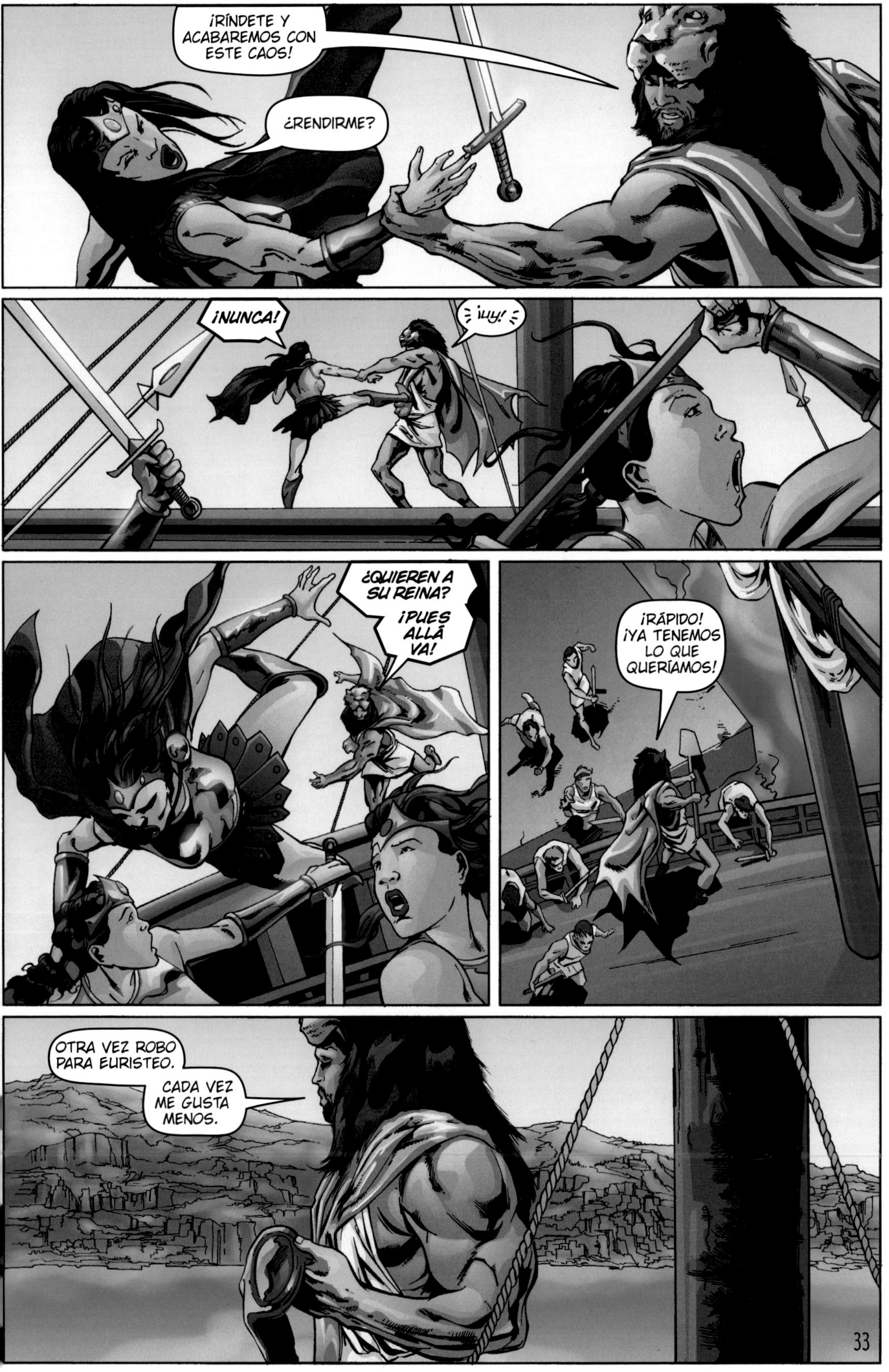
¡RÍNDETE Y ACABAREMOS CON ESTE CAOS!
¿RENDIRME?
¡NUNCA!
¡UY!
¿QUIEREN A SU REINA?
¡PUES ALLÁ VA!
¡RÁPIDO! ¡YA TENEMOS LO QUE QUERÍAMOS!
OTRA VEZ ROBO PARA EURISTEO.
CADA VEZ ME GUSTA MENOS.

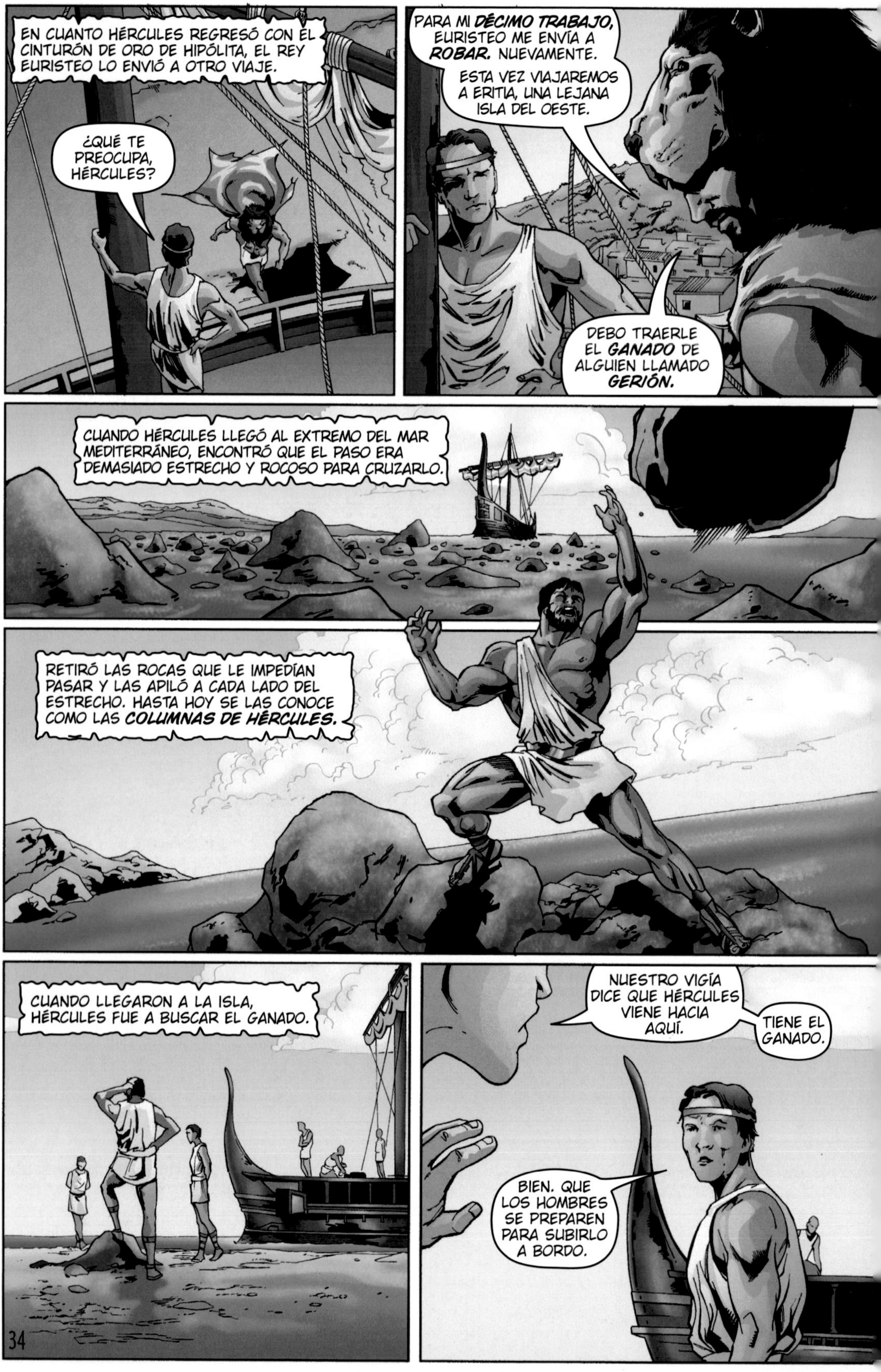

EN CUANTO HÉRCULES REGRESÓ CON EL CINTURÓN DE ORO DE HIPÓLITA, EL REY EURISTEO LO ENVIÓ A OTRO VIAJE.
¿QUÉ TE PREOCUPA, HÉRCULES?
PARA MI DÉCIMO TRABAJO, EURISTEO ME ENVÍA A ROBAR. NUEVAMENTE.
ESTA VEZ VIAJAREMOS A ERITIA, UNA LEJANA ISLA DEL OESTE.
DEBO TRAERLE EL GANADO DE ALGUIEN LLAMADO GERIÓN.
CUANDO HÉRCULES LLEGÓ AL EXTREMO DEL MAR MEDITERRÁNEO, ENCONTRÓ QUE EL PASO ERA DEMASIADO ESTRECHO Y ROCOSO PARA CRUZARLO.
RETIRÓ LAS ROCAS QUE LE IMPEDÍAN PASAR Y LAS APILÓ A CADA LADO DEL ESTRECHO. HASTA HOY SE LAS CONOCE COMO LAS COLUMNAS DE HÉRCULES.
CUANDO LLEGARON A LA ISLA, HÉRCULES FUE A BUSCAR EL GANADO.
NUESTRO VIGÍA DICE QUE HÉRCULES VIENE HACIA AQUÍ.
TIENE EL GANADO.
BIEN. QUE LOS HOMBRES SE PREPAREN PARA SUBIRLO A BORDO.

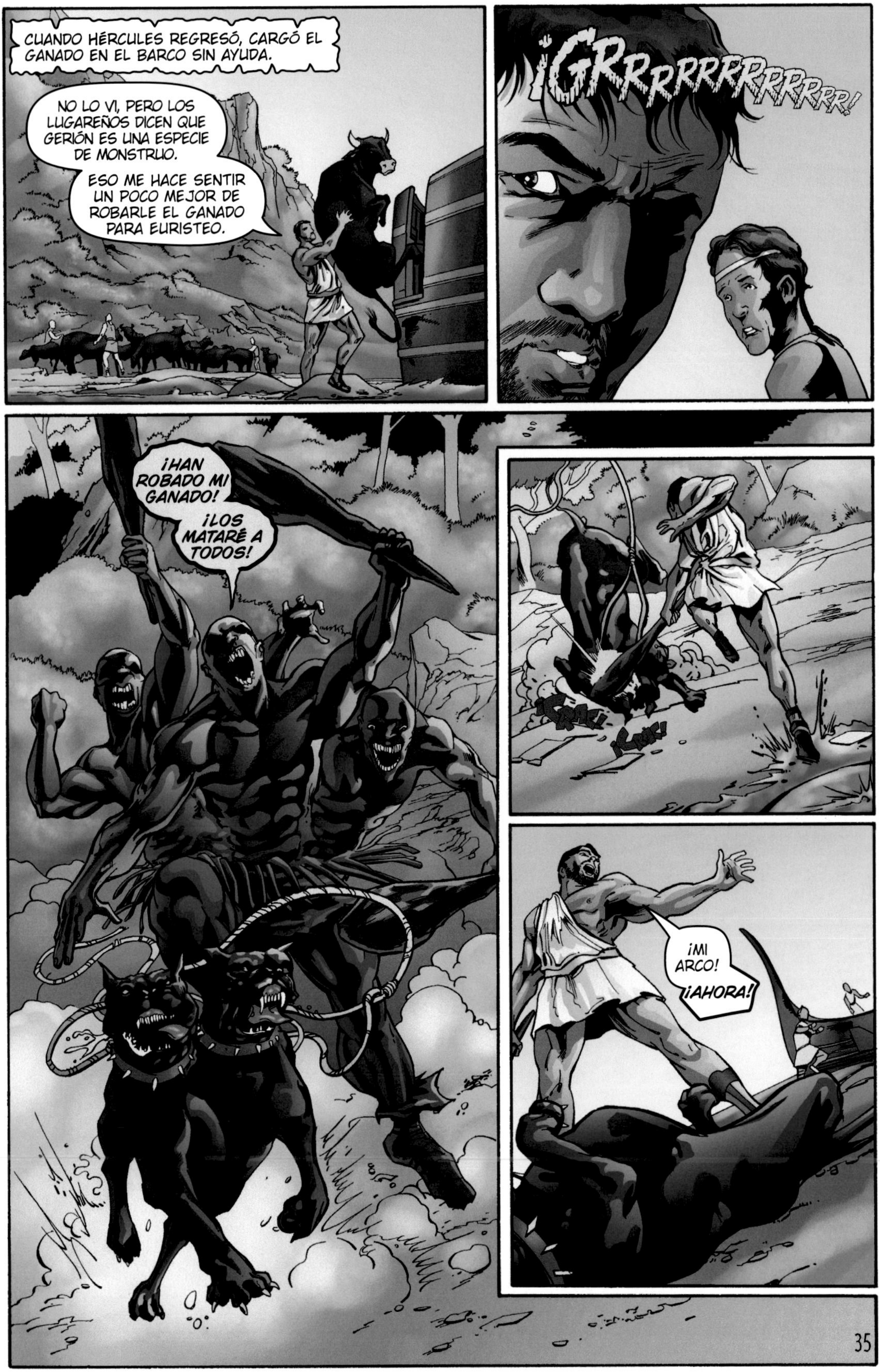
CUANDO HÉRCULES REGRESÓ, CARGÓ EL GANADO EN EL BARCO SIN AYUDA.
NO LO VI, PERO LOS LUGAREÑOS DICEN QUE GERIÓN ES UNA ESPECIE DE MONSTRUO.
ESO ME HACE SENTIR UN POCO MEJOR DE ROBARLE EL GANADO PARA EURISTEO.
¡GRRRRRRRRRRRR!
¡HAN ROBADO MI GANADO!
¡LOS MATARÉ A TODOS!
¡CRAC!
¡MI ARCO!
¡AHORA!

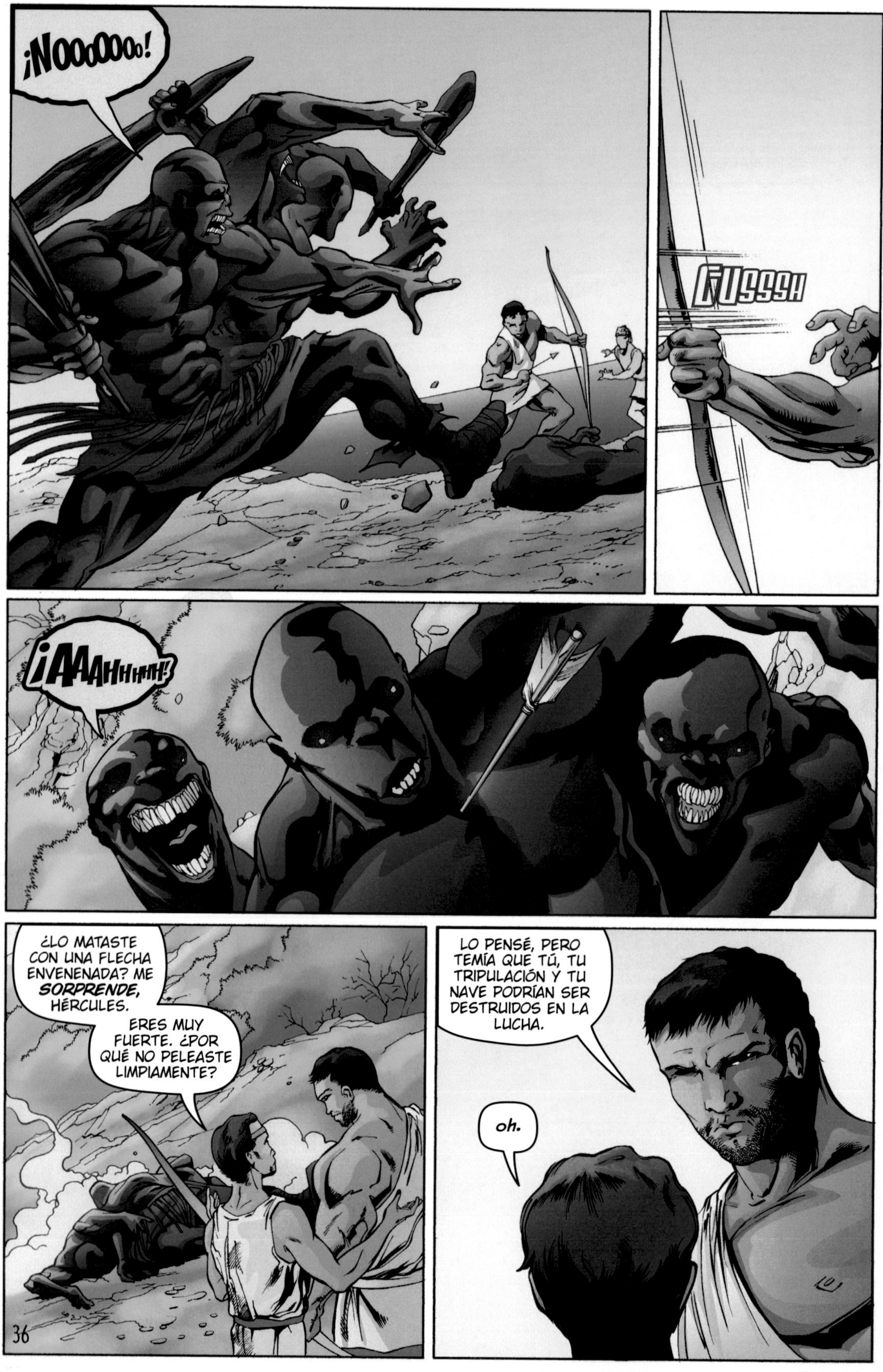
¡NOOOOOOO!
CUSSSH
¡AAAHHHHH!
¿LO MATASTE CON UNA FLECHA ENVENENADA? ME **SORPRENDE,** HÉRCULES.
ERES MUY FUERTE. ¿POR QUÉ NO PELEASTE LIMPIAMENTE?
LO PENSÉ, PERO TEMÍA QUE TÚ, TU TRIPULACIÓN Y TU NAVE PODRÍAN SER DESTRUIDOS EN LA LUCHA.
oh.

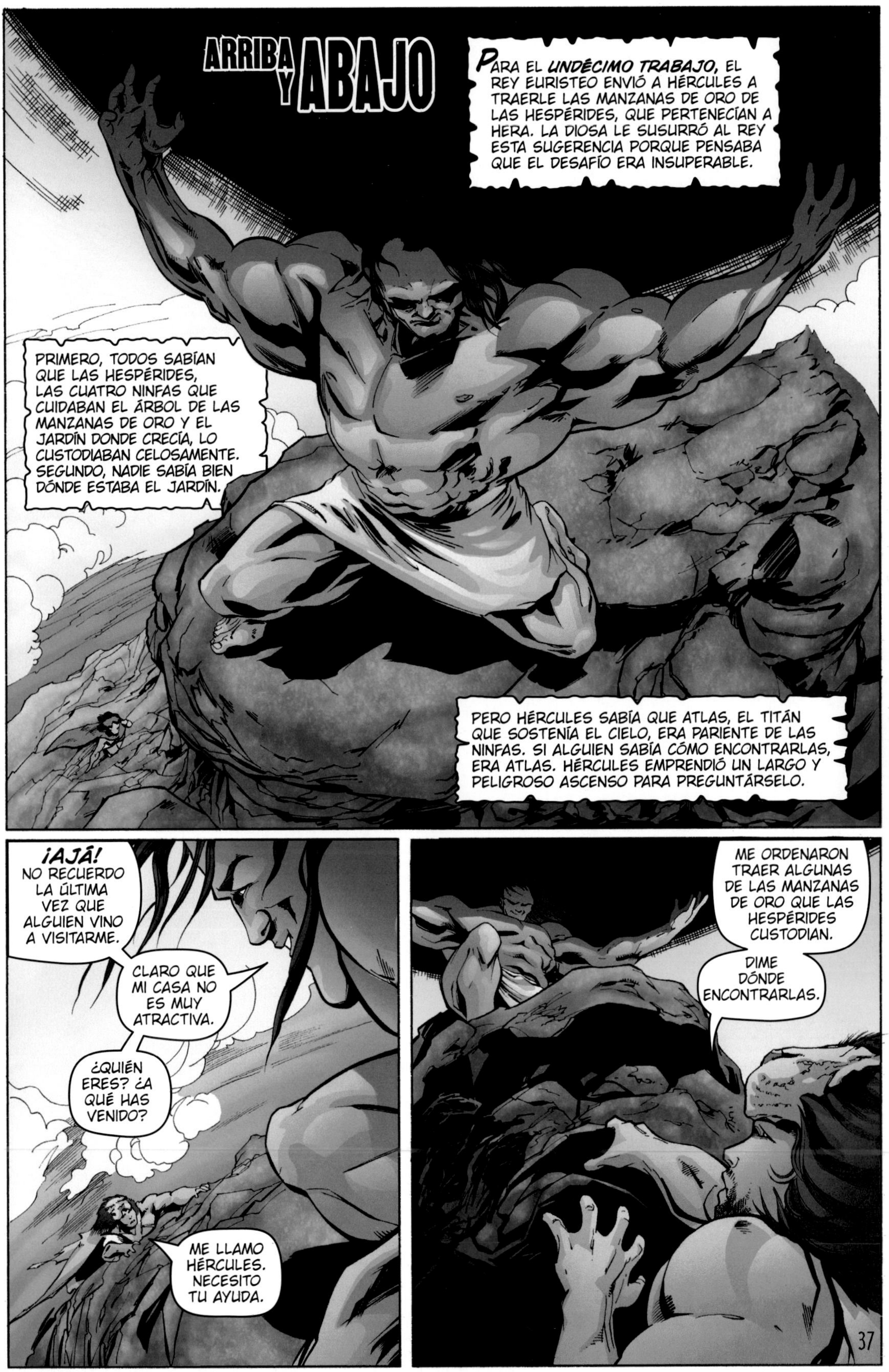

ARRIBA Y ABAJO
PARA EL UNDÉCIMO TRABAJO, EL REY EURISTEO ENVIÓ A HÉRCULES A TRAERLE LAS MANZANAS DE ORO DE LAS HESPÉRIDES, QUE PERTENECÍAN A HERA. LA DIOSA LE SUSURRÓ AL REY ESTA SUGERENCIA PORQUE PENSABA QUE EL DESAFÍO ERA INSUPERABLE.
PRIMERO, TODOS SABÍAN QUE LAS HESPÉRIDES, LAS CUATRO NINFAS QUE CUIDABAN EL ÁRBOL DE LAS MANZANAS DE ORO Y EL JARDÍN DONDE CRECÍA, LO CUSTODIABAN CELOSAMENTE. SEGUNDO, NADIE SABÍA BIEN DÓNDE ESTABA EL JARDÍN.
PERO HÉRCULES SABÍA QUE ATLAS, EL TITÁN QUE SOSTENÍA EL CIELO, ERA PARIENTE DE LAS NINFAS. SI ALGUIEN SABÍA CÓMO ENCONTRARLAS, ERA ATLAS. HÉRCULES EMPRENDIÓ UN LARGO Y PELIGROSO ASCENSO PARA PREGUNTÁRSELO.
¡AJÁ! NO RECUERDO LA ÚLTIMA VEZ QUE ALGUIEN VINO A VISITARME.
CLARO QUE MI CASA NO ES MUY ATRACTIVA.
¿QUIÉN ERES? ¿A QUÉ HAS VENIDO?
ME LLAMO HÉRCULES. NECESITO TU AYUDA.
ME ORDENARON TRAER ALGUNAS DE LAS MANZANAS DE ORO QUE LAS HESPÉRIDES CUSTODIAN.
DIME DÓNDE ENCONTRARLAS.

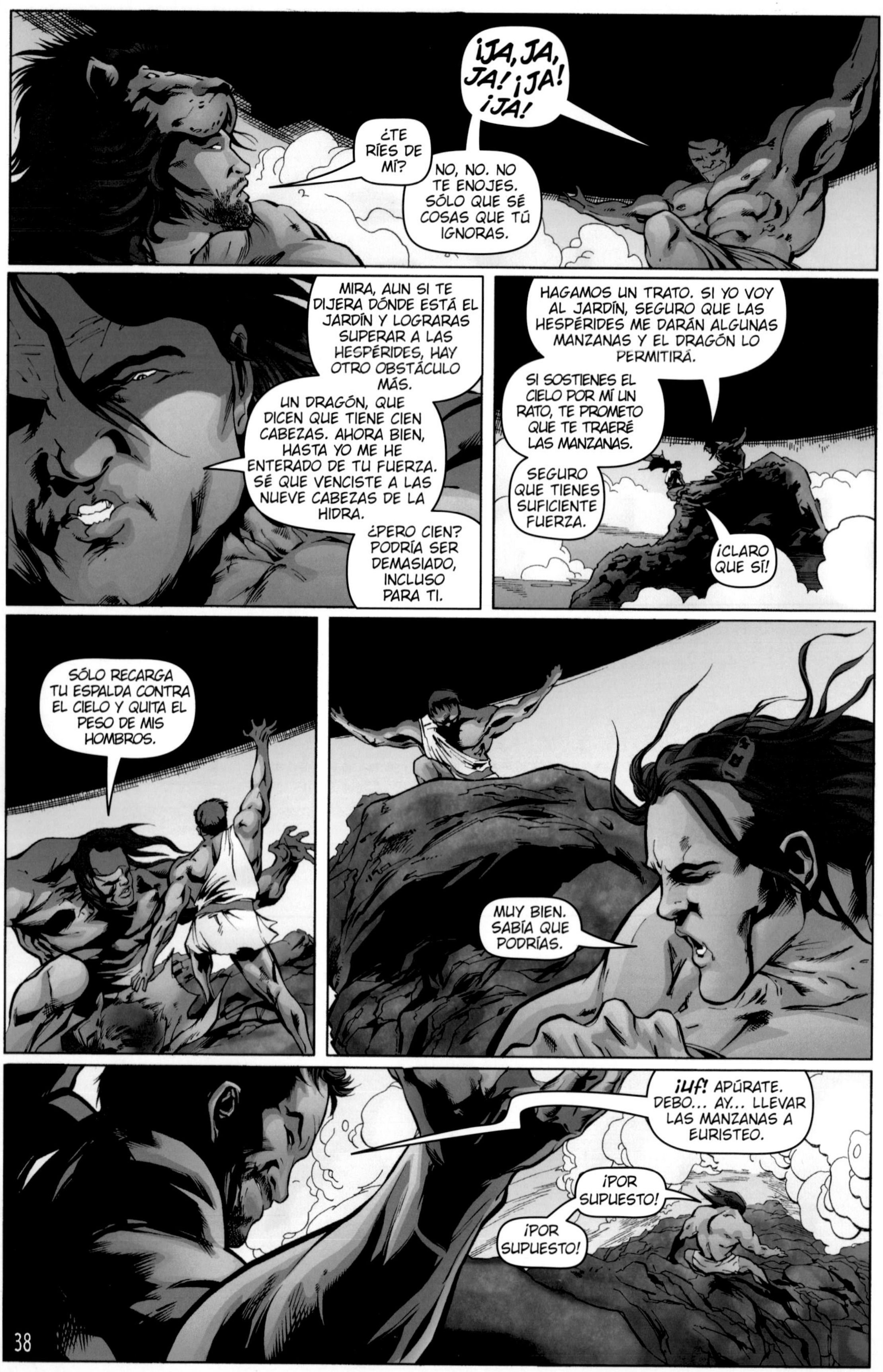
¡JA, JA, JA! ¡JA! ¡JA!
¿TE RÍES DE MÍ?
NO, NO. NO TE ENOJES. SÓLO QUE SÉ COSAS QUE TÚ IGNORAS.
MIRA, AUN SI TE DIJERA DÓNDE ESTÁ EL JARDÍN Y LOGRARAS SUPERAR A LAS HESPÉRIDES, HAY OTRO OBSTÁCULO MÁS.
UN DRAGÓN, QUE DICEN QUE TIENE CIEN CABEZAS. AHORA BIEN, HASTA YO ME HE ENTERADO DE TU FUERZA. SÉ QUE VENCISTE A LAS NUEVE CABEZAS DE LA HIDRA.
¿PERO CIEN? PODRÍA SER DEMASIADO, INCLUSO PARA TI.
HAGAMOS UN TRATO. SI YO VOY AL JARDÍN, SEGURO QUE LAS HESPÉRIDES ME DARÁN ALGUNAS MANZANAS Y EL DRAGÓN LO PERMITIRÁ.
SI SOSTIENES EL CIELO POR MÍ UN RATO, TE PROMETO QUE TE TRAERÉ LAS MANZANAS.
SEGURO QUE TIENES SUFICIENTE FUERZA.
¡CLARO QUE SÍ!
SÓLO RECARGA TU ESPALDA CONTRA EL CIELO Y QUITA EL PESO DE MIS HOMBROS.
MUY BIEN. SABÍA QUE PODRÍAS.
¡UF! APÚRATE. DEBO... AY... LLEVAR LAS MANZANAS A EURISTEO.
¡POR SUPUESTO!
¡POR SUPUESTO!

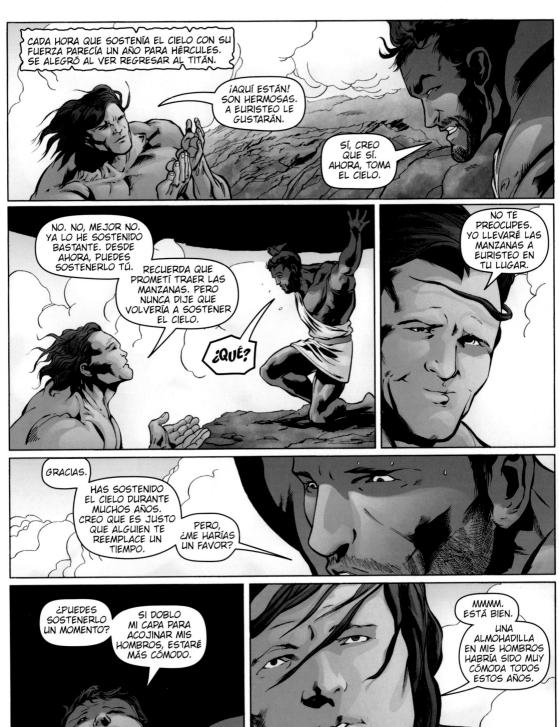

CADA HORA QUE SOSTENÍA EL CIELO CON SU FUERZA PARECÍA UN AÑO PARA HÉRCULES. SE ALEGRÓ AL VER REGRESAR AL TITÁN.

¡AQUÍ ESTÁN! SON HERMOSAS. A EURISTEO LE GUSTARÁN.

SÍ, CREO QUE SÍ. AHORA, TOMA EL CIELO.

NO. NO, MEJOR NO. YA LO HE SOSTENIDO BASTANTE. DESDE AHORA, PUEDES SOSTENERLO TÚ.

RECUERDA QUE PROMETÍ TRAER LAS MANZANAS. PERO NUNCA DIJE QUE VOLVERÍA A SOSTENER EL CIELO.

¿QUÉ?

NO TE PREOCUPES. YO LLEVARÉ LAS MANZANAS A EURISTEO EN TU LUGAR.

GRACIAS.

HAS SOSTENIDO EL CIELO DURANTE MUCHOS AÑOS. CREO QUE ES JUSTO QUE ALGUIEN TE REEMPLACE UN TIEMPO.

PERO, ¿ME HARÍAS UN FAVOR?

¿PUEDES SOSTENERLO UN MOMENTO?

SI DOBLO MI CAPA PARA ACOJINAR MIS HOMBROS, ESTARÉ MÁS CÓMODO.

MMMM. ESTÁ BIEN.

UNA ALMOHADILLA EN MIS HOMBROS HABRÍA SIDO MUY CÓMODA TODOS ESTOS AÑOS.

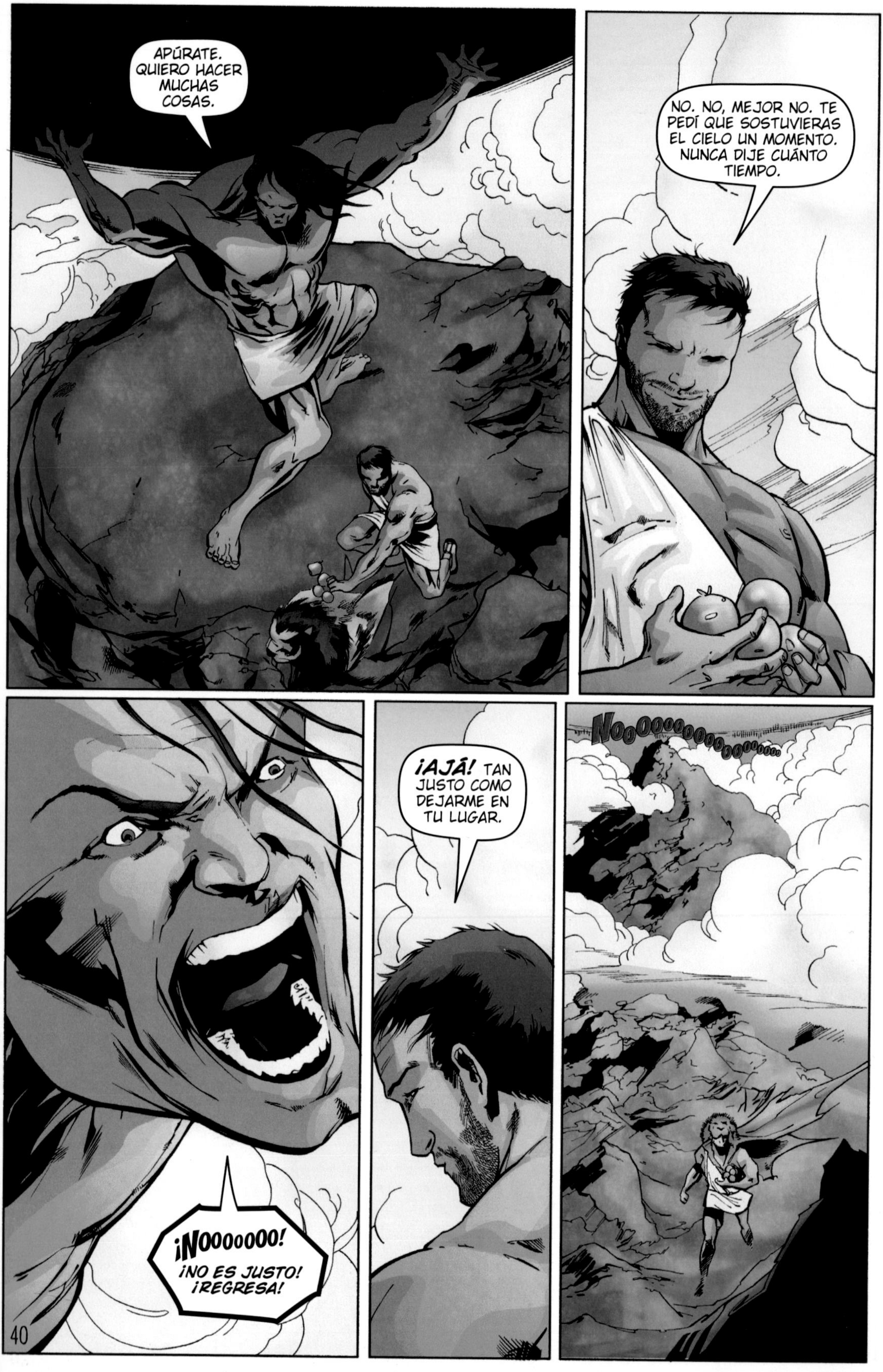
APÚRATE. QUIERO HACER MUCHAS COSAS.
NO. NO, MEJOR NO. TE PEDÍ QUE SOSTUVIERAS EL CIELO UN MOMENTO. NUNCA DIJE CUÁNTO TIEMPO.
¡NOOOOOOO! ¡NO ES JUSTO! ¡REGRESA!
¡AJÁ! TAN JUSTO COMO DEJARME EN TU LUGAR.
NOOOOOOOOOOOOOOOOOO

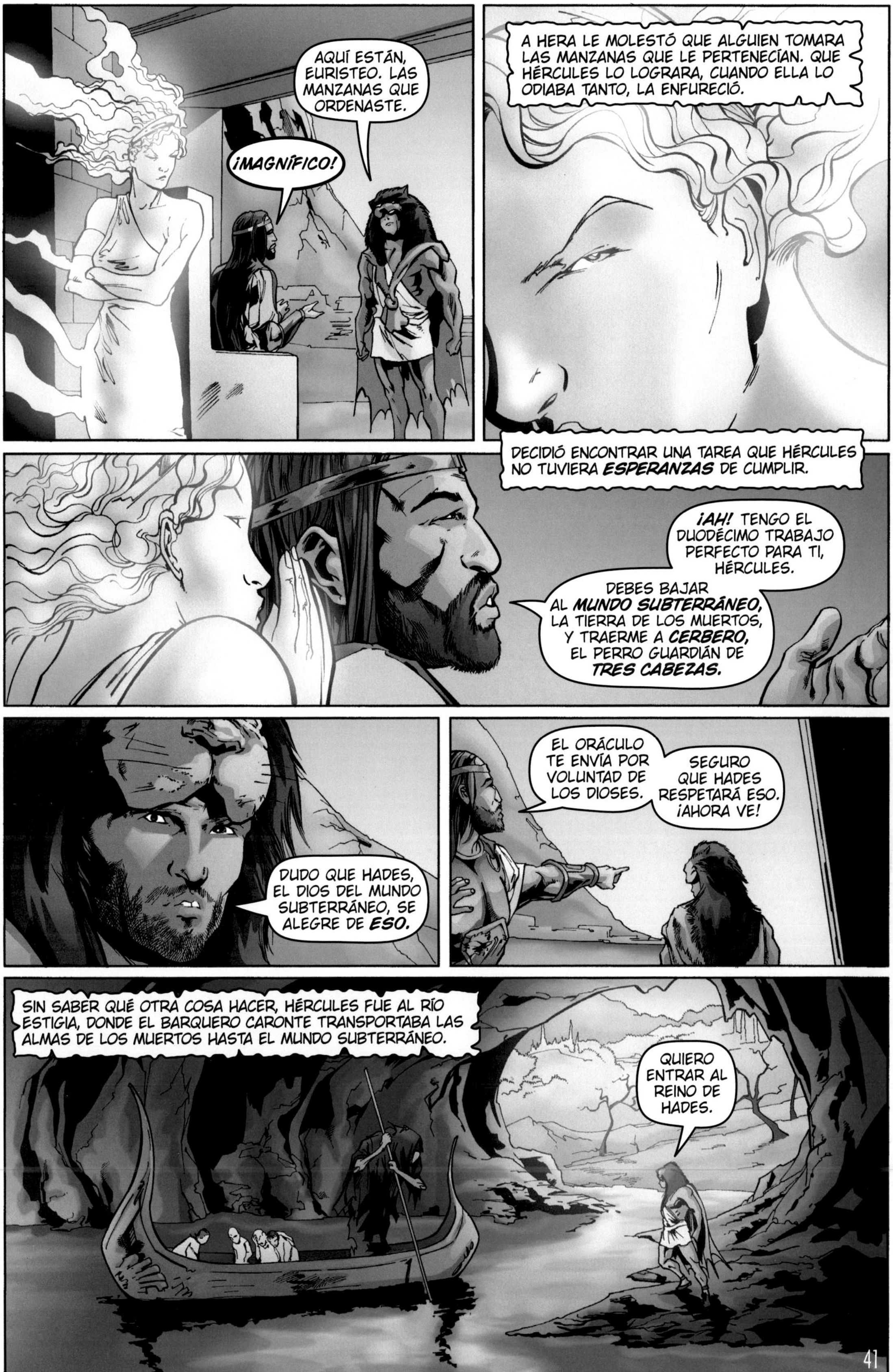
AQUÍ ESTÁN, EURISTEO. LAS MANZANAS QUE ORDENASTE.
¡MAGNÍFICO!
A HERA LE MOLESTÓ QUE ALGUIEN TOMARA LAS MANZANAS QUE LE PERTENECÍAN. QUE HÉRCULES LO LOGRARA, CUANDO ELLA LO ODIABA TANTO, LA ENFURECIÓ.
DECIDIÓ ENCONTRAR UNA TAREA QUE HÉRCULES NO TUVIERA ESPERANZAS DE CUMPLIR.
¡AH! TENGO EL DUODÉCIMO TRABAJO PERFECTO PARA TI, HÉRCULES.
DEBES BAJAR AL MUNDO SUBTERRÁNEO, LA TIERRA DE LOS MUERTOS, Y TRAERME A CERBERO, EL PERRO GUARDIÁN DE TRES CABEZAS.
DUDO QUE HADES, EL DIOS DEL MUNDO SUBTERRÁNEO, SE ALEGRE DE ESO.
EL ORÁCULO TE ENVÍA POR VOLUNTAD DE LOS DIOSES.
SEGURO QUE HADES RESPETARÁ ESO. ¡AHORA VE!
SIN SABER QUÉ OTRA COSA HACER, HÉRCULES FUE AL RÍO ESTIGIA, DONDE EL BARQUERO CARONTE TRANSPORTABA LAS ALMAS DE LOS MUERTOS HASTA EL MUNDO SUBTERRÁNEO.
QUIERO ENTRAR AL REINO DE HADES.

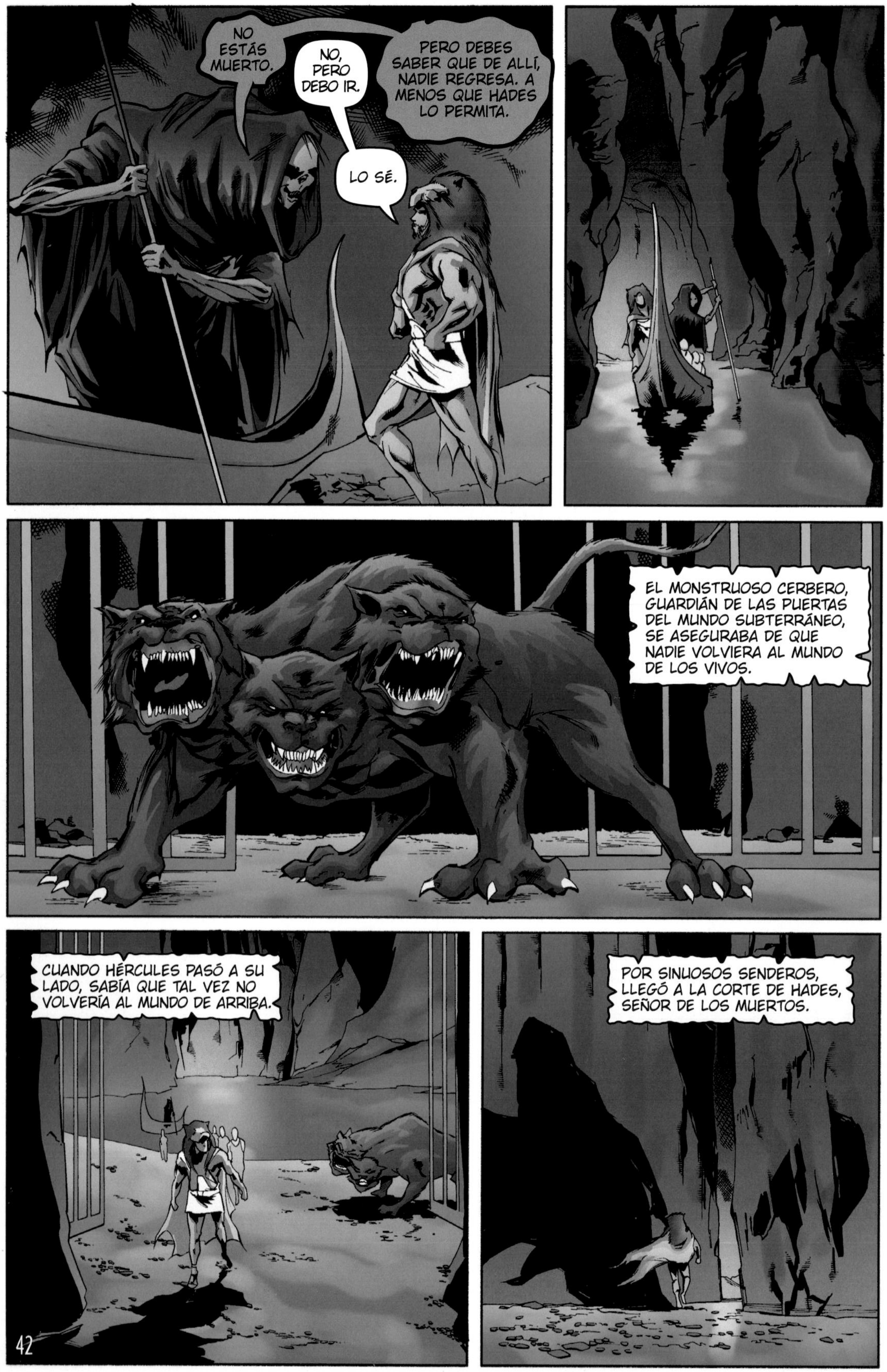
NO ESTÁS MUERTO.
NO, PERO DEBO IR.
PERO DEBES SABER QUE DE ALLÍ, NADIE REGRESA. A MENOS QUE HADES LO PERMITA.
LO SÉ.
EL MONSTRUOSO CERBERO, GUARDIÁN DE LAS PUERTAS DEL MUNDO SUBTERRÁNEO, SE ASEGURABA DE QUE NADIE VOLVIERA AL MUNDO DE LOS VIVOS.
CUANDO HÉRCULES PASÓ A SU LADO, SABÍA QUE TAL VEZ NO VOLVERÍA AL MUNDO DE ARRIBA.
POR SINUOSOS SENDEROS, LLEGÓ A LA CORTE DE HADES, SEÑOR DE LOS MUERTOS.

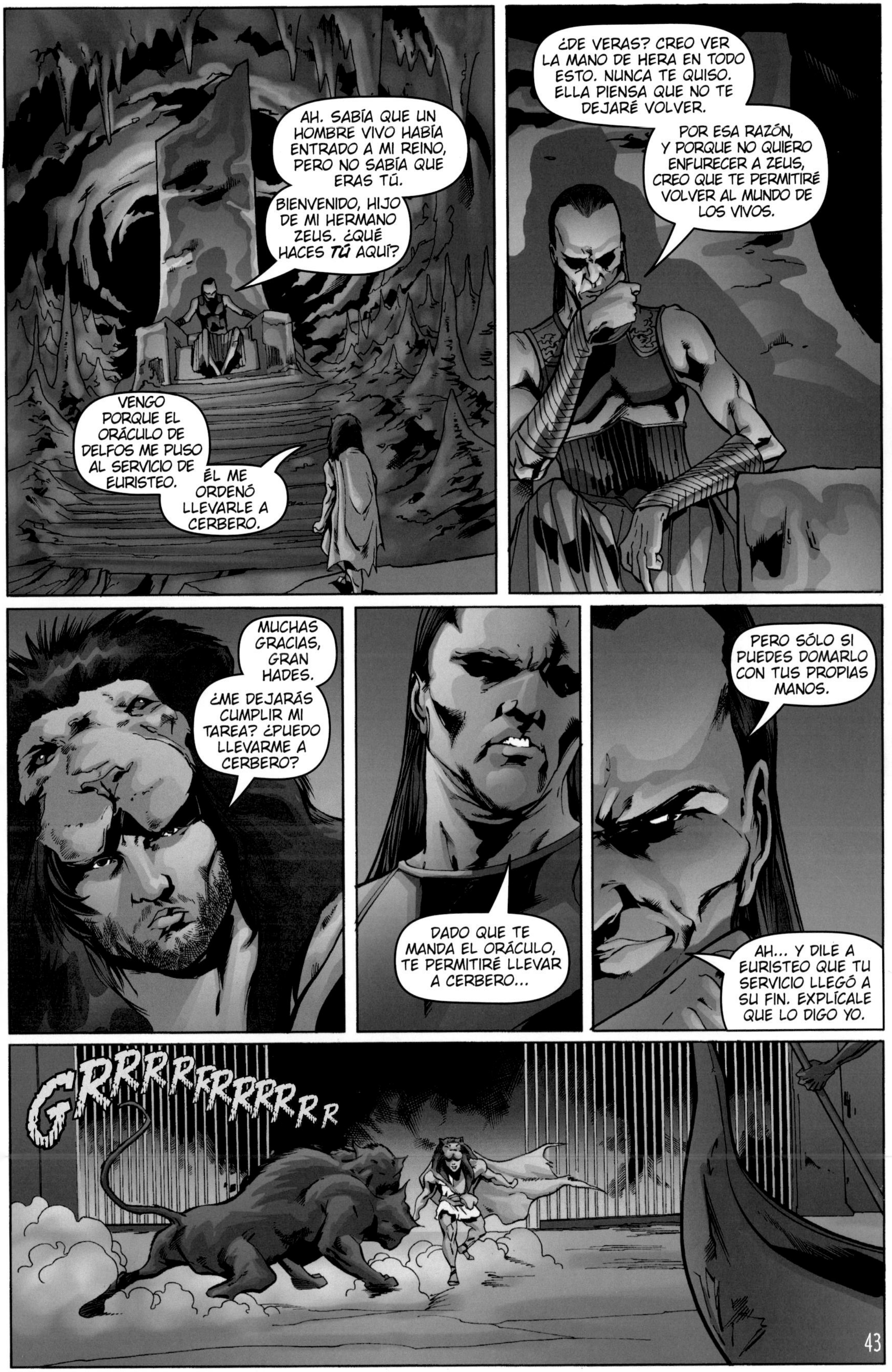
AH. SABÍA QUE UN HOMBRE VIVO HABÍA ENTRADO A MI REINO, PERO NO SABÍA QUE ERAS TÚ.
BIENVENIDO, HIJO DE MI HERMANO ZEUS. ¿QUÉ HACES *TÚ* AQUÍ?
VENGO PORQUE EL ORÁCULO DE DELFOS ME PUSO AL SERVICIO DE EURISTEO.
ÉL ME ORDENÓ LLEVARLE A CERBERO.
¿DE VERAS? CREO VER LA MANO DE HERA EN TODO ESTO. NUNCA TE QUISO. ELLA PIENSA QUE NO TE DEJARÉ VOLVER.
POR ESA RAZÓN, Y PORQUE NO QUIERO ENFURECER A ZEUS, CREO QUE TE PERMITIRÉ VOLVER AL MUNDO DE LOS VIVOS.
MUCHAS GRACIAS, GRAN HADES.
¿ME DEJARÁS CUMPLIR MI TAREA? ¿PUEDO LLEVARME A CERBERO?
DADO QUE TE MANDA EL ORÁCULO, TE PERMITIRÉ LLEVAR A CERBERO...
PERO SÓLO SI PUEDES DOMARLO CON TUS PROPIAS MANOS.
AH... Y DILE A EURISTEO QUE TU SERVICIO LLEGÓ A SU FIN. EXPLÍCALE QUE LO DIGO YO.
GRRRRRRRRRRRR

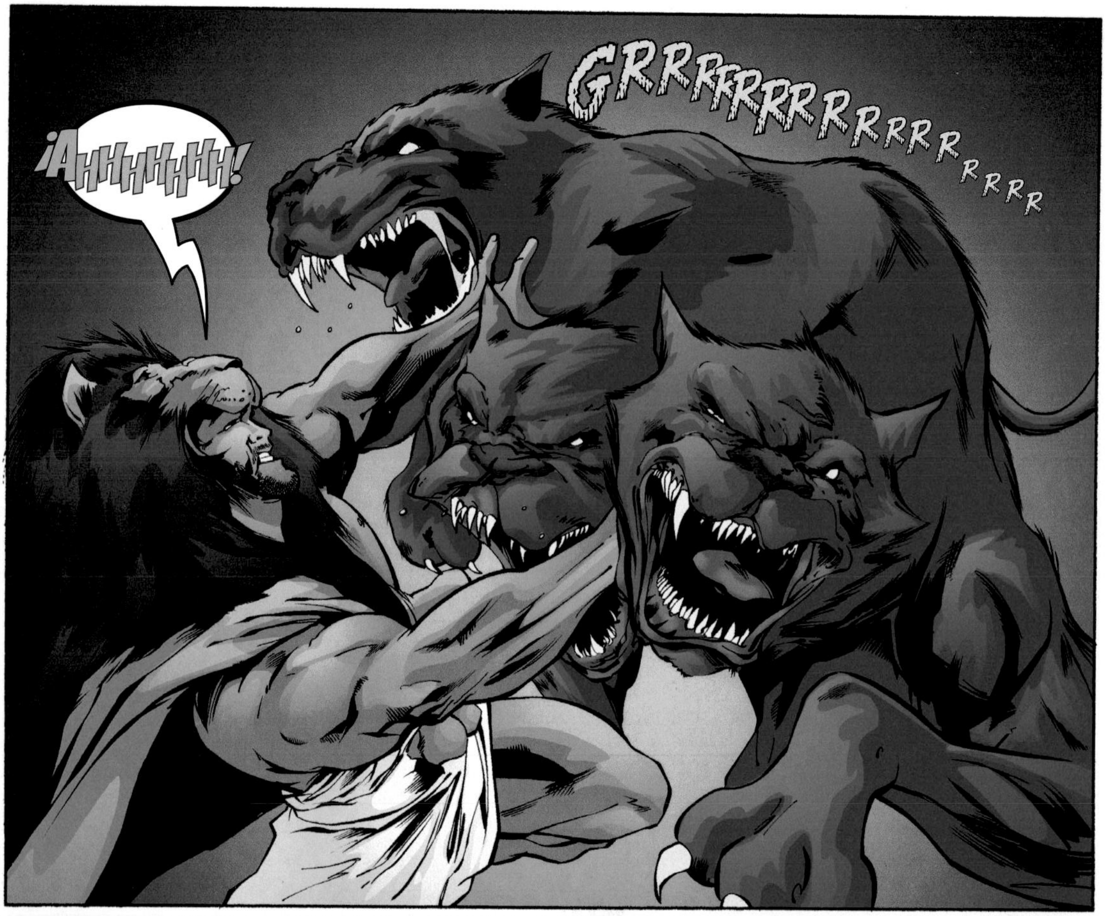

¡AHHHHHHH!
GRRRRRRRRRRRRRRRR

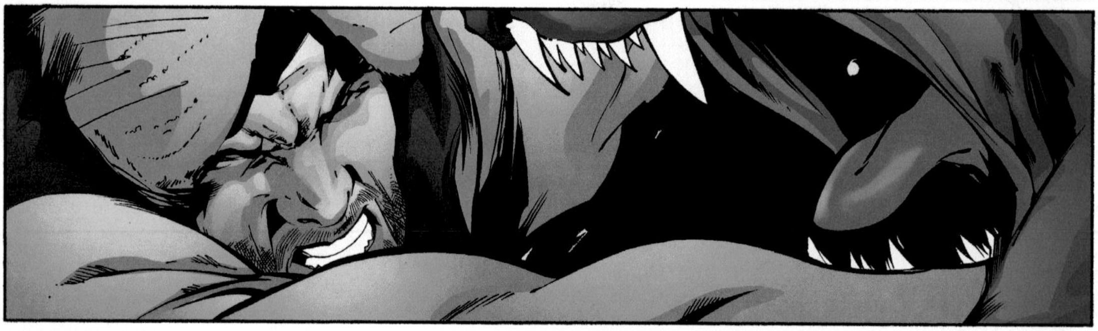

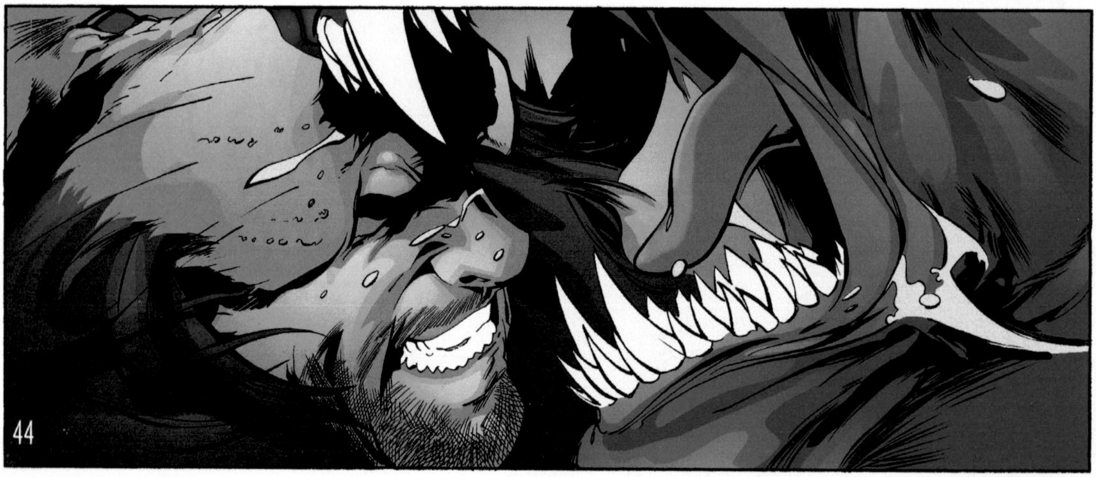

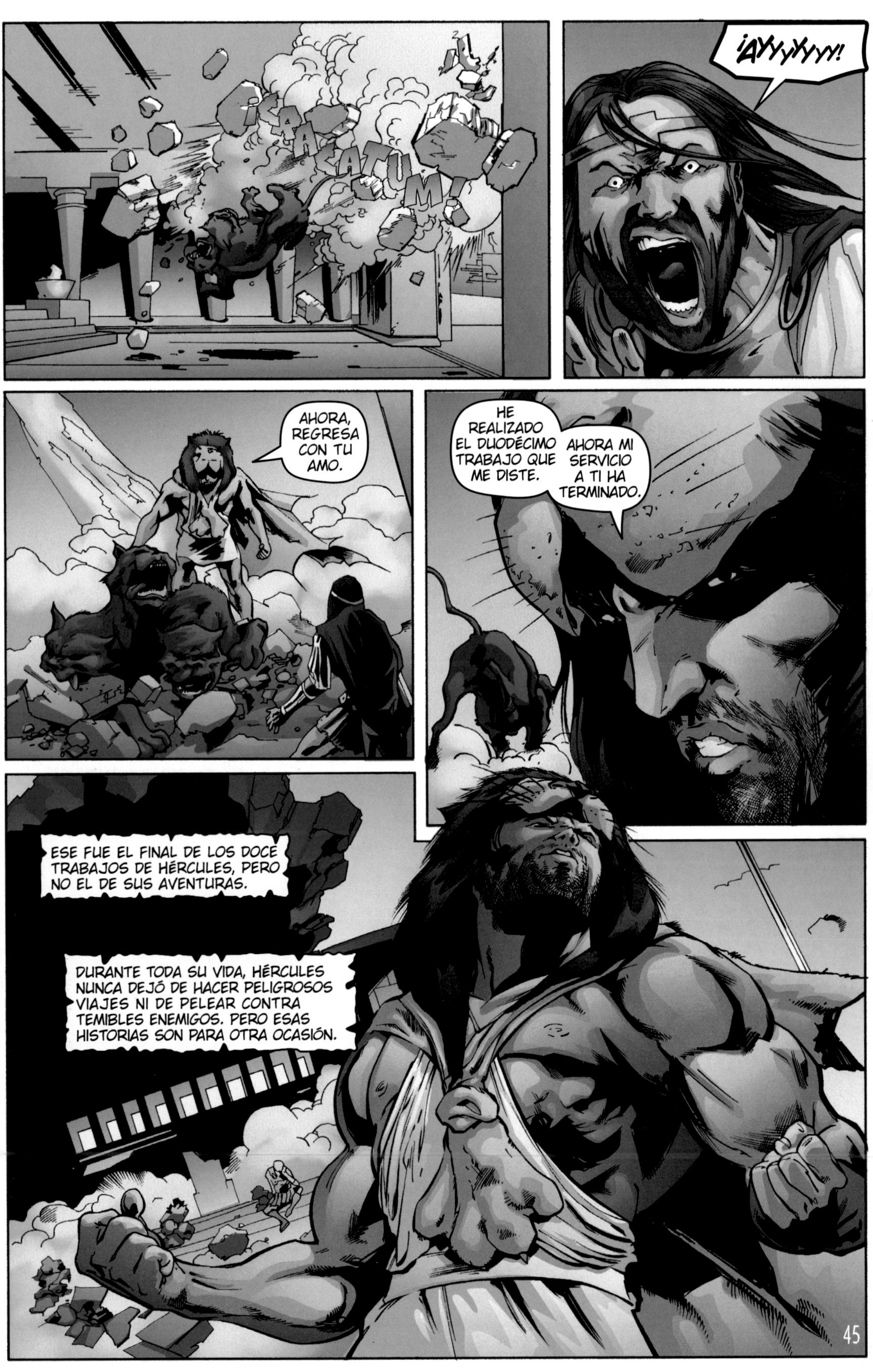
¡CAAACATUM!
¡AYYYYYYY!
AHORA, REGRESA CON TU AMO.
HE REALIZADO EL DUODÉCIMO TRABAJO QUE ME DISTE.
AHORA MI SERVICIO A TI HA TERMINADO.
ESE FUE EL FINAL DE LOS DOCE TRABAJOS DE HÉRCULES, PERO NO EL DE SUS AVENTURAS.
DURANTE TODA SU VIDA, HÉRCULES NUNCA DEJÓ DE HACER PELIGROSOS VIAJES NI DE PELEAR CONTRA TEMIBLES ENEMIGOS. PERO ESAS HISTORIAS SON PARA OTRA OCASIÓN.

GLOSARIO

AMAZONAS (LAS): raza legendaria de mujeres guerreras; Hipólita, hija de Ares (dios de la guerra), era la reina de las amazonas

ARTEMISA: la diosa griega de la luna y de la caza

CIERVA (LA): hembra del ciervo

CUERO (EL): la piel de un animal

HADES: el lugar subterráneo habitado por los muertos en la mitología griega

HERA: la esposa inmortal de Zeus

INMORTAL: un ser que nunca muere

JABALÍ (EL): cerdo salvaje

MORTAL: un ser que muere

NINFAS (LAS): en la mitología griega, diosas de la naturaleza; a menudo representadas como hermosas mujeres que viven en las montañas, los bosques, los árboles y las aguas

ORÁCULO (EL): en la antigua Grecia, sacerdotisa a través de quien se creía que hablaba un dios o una diosa

POSEIDÓN: el dios griego del mar

TITÁN (EL): según la mitología griega, miembro de una raza de gigantes que dominaron la Tierra hasta que los dioses griegos los destronaron

YEGUA (LA): hembra del caballo

ZEUS: rey de los dioses y padre de Hércules

Dibujo a lápiz de la página 45

LECTURAS ADICIONALES Y SITIOS WEB

Greek Mythology: The Labors of Hercules
http://www.mythweb.com/hercules/index.html
    Con atractivos dibujos y texto de fácil lectura, este sitio de sencilla
    navegación para niños explora los trabajos de Hércules y relata historias de
    varios otros héroes griegos.

Hamilton, Edith. *Mythology*. Nueva York: Warner Books, Inc., 1999.
    Publicada por primera vez en 1942, esta clásica obra es una colección de
    animadas adaptaciones de cuentos griegos, romanos y escandinavos.

Perseus Project: Hercules: Greece's Greatest Hero
http://www.perseus.tufts.edu/Herakles/index.html
    Publicada por primera vez en 1942, esta clásica obra es una colección de
    animadas adaptaciones de cuentos griegos, romanos y escandinavos.

Philip, Neil. *Mythology*. Nueva York: Dorling Kindersley, 1999.
    Este volumen de la serie Eyewitness Books utiliza decenas de coloridas
    fotografías e ilustraciones para explorar los mitos de diversas partes del
    mundo.

Roberts, Morgan J. *Classical Deities and Heroes*. Nueva York: Metro Books, 1995.
    Lleno de coloridas ilustraciones y fotografías de artefactos antiguos, este libro
    relata muchos de los más populares mitos griegos y romanos, incluidos los doce
    trabajos de Hércules.

Thomas Bulfinch: Bulfinch's Mythology
http://www.classicreader.com/booktoc.php/sid.2/bookid.2823/
    Este sitio presenta una de las más populares compilaciones de mitos antiguos en
    lengua inglesa. Esta obra clásica, que incluye muchos mitos griegos, es una
    compilación realizada por el estadounidense Thomas Bulfinch, en el siglo XIX.

LA CREACIÓN DE *HÉRCULES: LOS DOCE TRABAJOS*

A fin de escribir el cuento sobre los doce trabajos de Hércules, el autor Paul
Storrie se basó principalmente en los libros *The Age of Fable* (publicado por
primera vez en 1859), de Thomas Bulfinch, y *Mythology* (publicado por primera vez
en 1942), de Edith Hamilton. Estos dos libros, a su vez, se inspiraron en las obras
de poetas antiguos como Ovidio y Virgilio. El artista Steve Kurth utilizó
numerosas fuentes de la tradición y de la historia para dar autenticidad a las
ilustraciones, desde la arquitectura griega hasta la vestimenta, las armas y las
armaduras usadas por los personajes. Juntos, arte y texto narrativo, dan vida al más
poderoso héroe de la mitología griega, cuyas batallas contra dioses y monstruos le
valieron un lugar en el monte Olimpo, el hogar de los dioses griegos.

ÍNDICE

ACERCA DEL AUTOR Y DEL ARTISTA

PAUL D. STORRIE nació y creció en Detroit, Michigan, ciudad a la cual ha regresado una y otra vez después de residir en otras ciudades y estados. Comenzó a escribir profesionalmente en 1987 y ha escrito historietas para Caliber Comics, Moonstone Books, Marvel Comics y DC Comics. Entre sus títulos, se incluyen *Robyn of Sherwood* (con historias sobre la hija de Robin Hood), *Batman Beyond*, *Gotham Girls*, *Captain America: Red, White and Blue* y *Mutant X*.

STEVE KURTH nació y creció en la zona centro-occidental de Wisconsin. Obtuvo el título de ilustrador de la carrera de bellas artes en la universidad de Wisconsin-Eau Claire. La obra artística de Steve ilustra varios libros de historietas, como *G.I. Joe*, *Micronauts*, *Ghostbusters*, *Dragonlance*, y la revista *Cracked*.